风起江南

陆春祥／主编

壹见

陈羽茜 著

春风文艺出版社

·沈 阳·

图书在版编目（CIP）数据

壹见／陆春祥主编；陈羽茜著. — 沈阳：春风文
艺出版社，2024.6
（风起江南）
ISBN 978-7-5313-6667-6

Ⅰ. ①壹… Ⅱ. ①陆…②陈… Ⅲ. ①文学评论—中
国—文集 Ⅳ. ①I206-53

中国国家版本馆 CIP 数据核字（2024）第 055192 号

春风文艺出版社出版发行
沈阳市和平区十一纬路 25 号　　邮编：110003
四川科德彩色数码科技有限公司印刷

责任编辑：韩 喆　平青立　　　　责任校对：陈 杰
幅面尺寸：145mm×210mm
字　　数：200 千字　　　　　　印　　张：8.25
版　　次：2024 年 6 月第 1 版　　印　　次：2024 年 6 月第 1 次
书　　号：ISBN 978-7-5313-6667-6　　定　　价：58.00 元

我们将整个世界视为自己的花园

陆春祥

1

这里是富春江畔、寨基山下的富春庄，地图上却没有。进大门，过照壁转弯，上三个台阶，两边各一个小花岛，以罗汉松为主人翁，佛甲草镶岛边，杂以月季、杜鹃、丁香、朱顶红、六月雪等，边上，就是一面数十平方米的手模铜墙。

墙上方主标题为：我们将整个世界视为自己的花园。

小说家，诗人，散文家，报告文学作家，文学评论家，这些作家，有的已入耄耋，有的则刚过不惑，手模有大有小，按得有浅有深。经常有参观者这样对我说：看这位作家的手模，手指关节硬，粗大有力，应该是工人或者农民出身；看那位作家的手模，手指细小，浅纹单薄，应该是个没有劳动过的知识分子。我往往惊叹，谁说不是呢，手模不就是作家的人生嘛。五十五位作家的铜手模，在正午的阳光下，会发出耀眼的光芒，看模糊了，再看，那些手模，竟然纷繁如灿烂的花朵一样。

所有的优秀写作者，不都是将整个世界视为自己的花园吗？

话说回来，既然是花园了，那还不得草木茂盛？

现在富春庄，建筑面积一千多平方米，花园也有一千多平方米。植物是花园的主角。它们就像挤挤挨挨的人群，只是默默无语罢了。除前面提到的一些外，还有山茶花、红花继木、榔榆、海棠、红梅、鸡爪槭、枸骨、竹子、青艾、芍药、六道木、菖蒲等。比如我住的 A 幢旁边计有：海桐、枸骨等灌木，月季花、杜鹃，墙角的溲疏、绣球花、萱草，一棵大杨梅树，萼距花、菊花、迷迭香、南天竹、石竹、黄金菊、水鬼蕉、朱蕉等，林林总总，竟然有百余种。如果有时间，真的很想写一本《富春庄植物志》，我眼中，它们都是山野的孩子。

春夏季节，草木们似乎都在比赛，赛它们的各种身姿。那些花，熬过秋冬，在春天争艳的劲头，绝对超过小姑娘们春天赛美时与别人的暗中较劲，而四季常青的雪松、冬青、枸骨们，则显得极为冷静，它们就如村中那些见惯世面的长者，默默地看着身边的幼稚，时而会抚须微笑一下。时光慢慢入秋，前院后院那些鸡爪槭，我叫它们枫树，则逐渐显现出它们无限的秋意，细碎的红，犹如一把把大伞撑开，那些春季里曾开出过傲慢花朵的低矮植物，此时都被完全遮蔽。其实，鸡爪槭春天绽放出铜钱般的细叶，也令我无限欢喜。

无论是花的热烈、浓香，抑或是树的成熟、伟岸，草木其实都寂然无声，有时经过树下，一张叶子会轻轻搭上你的肩头，那也是悄无声息的。不过，我眼中，每一种植物，都有蓬勃与盎然的生命，它们既是我的陪伴者，也是我的观察对象，我知道，它们都有独特的生命演化史，也有自己的生存与交流语言，虽非常隐晦，或许人类根本观察不到，我却认为一定是意味深长的。

淳熙十一年秋，退休后的陆游在家乡山阴满地跑，那些与他相视而笑的植物，不少被他收入诗囊中。比如《剑南诗稿》卷十六的《山园草木四绝句》，紫薇（钟鼓楼前宫样花，谁令流落到天涯），黄蜀葵（开时闲淡敛时愁），拒霜（木芙蓉，何事独蒙青女力，墙头催放数苞红），蓼花（数枝红蓼醉清秋）。一路行，一路观，借植物既抒感情，也言志向，信手拈来。

　　今日清晨，经过小门边，忽然发现，围墙上的月季太张扬了，花朵怒放，铺天盖地，想霸占周围的一切领地，立即戴上手套，收拾它一下，我只是想让被遮盖的绣球花呼吸顺畅一些。我希望庄里的植物们，与天与地与伙伴，都能默契，共生共长。

2

　　我们将整个世界视为自己的花园。

　　这个标题中有三个关键词。

　　"我们"。是主角，是观察的人，是写文章的人，但仅仅是我们吗？

　　"我们"还是"他们""你们"。"他们""你们"，是没写文章的绝大多数，是阅读者，是倾听者，是家人，是朋友，"他们""你们"构成了这个社会的主体，而"我们"，只是极少数表达者。

　　"我们"还是"它们"。"它们"，是动物，天上飞的，地上跑的，脊椎，无脊椎，形形色色；是植物，有种子的，无种子的，种子有果皮包被的，无果皮包被的，有茎叶，无茎叶，一片子叶，两片子叶，有根的，无根的，琳琅满目。"它们"以自己的方式交流、对话、思考，"我们"观察"它们"，

"它们"也同样与"我们"对视。"我们"与"它们"同属一个星球，同享一个太阳，共照一个月亮，"我们"与"它们"，其实在同一现场。1789 年，英国博物学家吉尔伯特·怀特在《塞尔彭自然史》中这样说：鸟类的语言非常古老，而且，就像其他古老的说话方式一样，也非常隐晦。言辞不多，却意味深长。

"整个世界"。是重要的辅助，是"我们"的观察对象。世界之大，无奇不有，写作者要寻找的就是这个"奇"字，"奇"乃不一样，奇特，奇异，怪异。奇人，奇事，奇景，总能让"我们"兴奋，激动，灵感爆发。

这个世界说大也大，说小也小，千变万化，"奇"也复杂，那些表面的"奇"，一般的人也能观察到，但优秀的探索者，往往能将十几层的掩盖掀翻，从而发现自己独特的"奇"。不奇处生奇，无奇处有奇，方是好奇、佳奇。

"自己的花园"。有花就会有园，你的，我的，他的，关键是"自己的"。一般的写作者，很难形成自己的花园，东一榔头西一棒，学样，跟风，别人家的花长得好，自己也去弄一盆，结果，东一盆，西一盆，南一盆，北一盆，表面看是花团锦簇，细细瞧却良莠不齐。其实，植物的每一种生动，都有着各自别样的原因，个中甘苦，只有种植人自己知道。

契诃夫说世界上有大狗小狗，它们都用上帝赋予自己的声音叫唤。那么，"我们"，面对"整个世界"，就照着自己的内心写吧，脚踏实地去写，旁若无人地写，"春种一粒粟，秋收万颗子"，直到"自己的花园"鲜花怒放。

3

风再起江南，这个系列的第三季，又朵朵花开。

这数十位"我们"，皆将整个世界视为自己的花园。

"我们"是，王楚健、桑洛、林娜、陆咏梅、郑凌红、陆立群、陈羽茜、张梓蘅、张林忠、黄新亮、金坤发、金凤琴。

王楚健的《墨庄问素》，肆意行走，勉力挖掘，与山水互为知音，将草木与风景赋予精魂和魅力，并与深厚的人文精神相交融，写人，写事，写物，均古今勾连，字里行间蕴聚了灵性与内涵，文章蓬勃生动，气象万千。

桑洛《一院子的时光》《总有一缕阳光温暖你》，他一直在追逐着光，他的足迹遍及浙江大地、中国大地，甚至世界大地。人满世界飘，内心却沉静，文字也随之简洁，句式简短，散散的，疏疏的，干净朴素，思维随时跃动毫无拘束，行走时不断碰撞出的火花也不时闪现，思想的芦苇，时而摇曳。

林娜的《醉瑞安》，是一个游子的近乡情怯，亦是一个游子的乡愁总爆发，故乡的人事，故乡的风物，故乡的山水路桥，故乡的角角落落，故乡的任何一处，都会将她的激情点燃，继而汹涌澎湃。故乡即旷野，她在旷野上矫健奔跑。

陆咏梅的《今夜月色朦胧》，在深夜，细数家乡的菜园子，一页一页翻寻，一帧一帧浏览，幸而，已镌刻在心灵的图籍上。漂泊异乡的游子，能做的，就是翻寻昨日残存的记忆，刻下一个历史的模子，留给孩子。然后，修筑心灵的东篱，让童年的骊歌落下。

郑凌红的《红尘味道》，食物的讲义经久不散，不同的食物，就像人生的一面面镜子。青鲥的气质，可以作为清廉的美食代言人。它在岁月的历练与淘洗中，成了家乡味道的外溢，糅合了岁月和人间烟火的智慧，构成与天下食客人生轨迹交融的一部分。

陆立群的《不惑之光》，在一路的冥想中，走过了孩提、少年、青年、中年，所失与所得，都交还给了时间。记忆与现实，皆需要用脚步去抵达。人生的意义，是各自按审美织就的波斯地毯，季节会带来新的风景。只有那些剩余的梧桐，有着最深的记忆，时而繁盛，时而萧索。

陈羽茜的《壹见》，读小说，读诗歌，读散文，观影剧，看评论，作者博览群书，徜徉在文学的海洋中，肆意吸吮，天上地下，古今中外，人事物事，林林总总，就如一只辛勤的蜜蜂，繁采百花，进而酿出属于自己的蜜。大地上的炊烟，弥漫着经久不息的诗情。

张梓蘅的《无夏之年》，多棱镜般的世界，驳杂的人生，眼花缭乱的影像，羞涩的行走，温暖的过往，少年用她纯净而清澈的双眼观察社会、人生及她所遇到的一切，她在阅读中寻找自己的快乐，她在表达中呈现稚嫩中的成熟，优美与识见如旭日般升起。

张林忠的《杭州唯有金农好》，作者横跨书法、评论、作家三界，将"扬州八怪"核心人物金农做了多角度全方位的探索。金农的人生、学问、艺术根基，对仕途的渴望，终无所遇，却在另一个王国里创造了自己的辉煌。一个立体的金农，栩栩如生地伫立在我们眼前。

黄新亮《心中的放马洲》，故乡的风物与山水，一物一事，一草一木，皆心心念念。领悟百味人生，玩赏沿途风景，畅游浩繁书海，质朴的表达，真挚的感情。在大地上不断寻找，于细微处探微求知，白云悠悠，满山青翠，富春江正碧波荡漾，春正好！

金坤发的《会站立的水》，在不经意的小小遭遇里，水并不单是谦虚的化身，它还充满着神奇与积极向上的进取精神。只有当它融入另一种生命，它才能让万物苏醒，让垂危的生命出现转机。它在每个生命背后都默默地站立与护佑，世界因此处处万紫千红，生机勃勃。

金凤琴的《唱给春风听》，酸甜苦辣，喜怒忧恐，像极了音乐中的七个音阶，生活中的零零碎碎丝丝缕缕，其实是可以谱成一首首声情悦耳小曲的。所有过往，皆为序章，时光，情愫，心态，温馨的，忧伤的，细细的，淡淡的，一曲一曲，都悠悠地唱给春风听。

4

画作永远没有风景精彩，无论多么优秀的作家，都做不到百分百还原繁杂多姿的生活，写作就是一场漫长的修行。我们将整个世界视为自己的花园，梅花三万树，园中春深九里花。

癸卯腊月十八

富春庄

（序作者为中国散文学会副会长、浙江省散文学会会长、鲁迅文学奖得主）

目录

CONTENTS

第三卷 光影留痕

第四卷　笺纸春秋

第 一 卷

小说江湖

荒岛上的挽歌

——读阿加莎·克里斯蒂《无人生还》

在许多读者眼中，推理小说最华丽动人之处莫过于揭晓谜团的那一刻。因为它总会给读者带来"意料之外，情理之中"的阅读体验，令人在恍然大悟的同时为作者精妙绝伦的构思与天马行空的脑洞深深折服。可一旦知晓结局后，便不会再次翻开重读，只因侦探小说的主题是犯罪事件的解谜与正义的实现，而这在初读之后已然为读者知晓，全无半分吸引力。而阿加莎·克里斯蒂的代表作《无人生还》却非同一般，它以超凡脱俗的故事架构与发人深省的深刻意蕴令人时读时新。

《无人生还》（*And Then There Were None*）作为英美侦探小说的代表作，最初以 Ten Little Niggers 为书名，后曾改为 Ten Little Indians，又译成"十个印第安小人""童谣谋杀案""孤岛奇案"等，被阿加莎·克里斯蒂本人与广大侦探迷誉为其最优秀的作品之一，在侦探小说发展史上占据重要地位。书中讲述的是八个素昧平生的人受邀来到士兵岛上。他们抵达后，接待他们的却只有管家罗杰斯夫妇俩。在晚餐时分，餐厅里的留声机指控八位宾客及管家夫妇二人都曾犯有谋杀罪。在众人惶恐之余，岛上的十人接连死去，成为奇案。作为"孤岛模式"与"童谣杀人"的开山之作，此书不仅在情节铺排与叙述技巧上有诸多可圈可点之处，更超越了破解谜团与彰显正义的传统侦探小说主旨。

首先，小说塑造了一系列多面性的人物形象。表面上看，年轻人马斯顿似乎只是位玩世不恭的公子哥儿，在一次飙车中发生意外撞死两个小孩，而且在此事后毫无悔意，并在逃脱法律惩罚后继续我行我素地飙车的社会危险分子；管家罗杰斯夫妇看似由于营救时间太短无心造成主人死亡，其实因觊觎主人财产而有意拖延营救时间，从而成为害死主人谋取遗产的敲诈勒索者；麦克阿瑟将军看上去只因安排失策导致部下牺牲在战场，实际是出于报复情敌心理以权谋私的滥用职权者；老小姐布伦特为维护道德和声誉赶走怀有身孕的女仆看似合情合理，实则是以伦理道德标榜自身却毫无半点同情心与善意的假卫道士；阿姆斯特朗医生表面上看是因为接手的病人病入膏肓而无回天之力，其实却是个酗酒成性、失手杀人、违背医德的玩忽职守者；布洛尔看似秉公办案，实则做假证害死兰道，是个披着正义的外衣却罪行恶劣的伪君子；隆巴德看上去出于保护自己而不得已丢下其他人逃命，事实上他为保全自我带走了全部剩下的食物，并认为非洲人死不足惜，是个贪生怕死且丧尽天良的种族主义者和殖民者；维拉似乎因为营救不力而无法救回在海里游远的西里尔，真相却是她为了帮恋人雨果争取遗产而不择手段地诱使西里尔被淹死，并骗取了孩子母亲的同情与信任，是一位自私自利的卑鄙小人；莫里斯看似出于生存压力被迫无奈贩毒，还教唆少女吸毒，其实是个金钱至上，见利忘义的无耻之徒。这一系列百科全书式的人物群像是当时社会生活中人性阴暗面的投射。正如王安忆在《华丽家族——阿加莎·克里斯蒂的世界》一书中所指出的那样，克里斯蒂"编织故事的线索，究其底就是各种各样的人性"。

这些人物为了金钱、私利和权欲或以上压下，借用职权凌辱地位卑微者；或以下欺上，玩弄和算计着财富拥有者。其中塑造得最出色的人物形象无疑是老法官瓦格雷夫。与以往侦探小说中凶手总是邪恶派代表不同，本书中唯一接近"正义"的瓦格雷夫法官却恰恰是隐藏的连环杀手。在小说最后的自白中，瓦格雷夫在揭露谜底的同时也进行了自我剖析："从小时候起，我便认识到了自己的本性。我是各种矛盾的集合体。首先要说的是，我喜欢浪漫的幻想，到了无可救药的地步……除了浪漫幻想，我的性格中还有其他矛盾之处。死亡总能激起我的兴趣，我喜欢亲眼看见或者亲手制造死亡……但是，与上述性格特点矛盾的是，我同时还拥有一种强烈的正义感。"在法官的自我陈述中，笔者发现，颇具戏剧性的杀人凶手乃是现实生活中强烈维护正义却因法律纰漏无法实现正义，从而采用极端方式私下解决的罪犯代表。虽然他最终采取谋杀的方式实现绝对公平正义有待商榷，但由这种做法所引发的"正义难以伸张"问题却深入人心，是古往今来一直存在且亟待解决的问题，它促使人们重新审视伦理与法律的融合统一。

其次，小说具有悬念丛生的叙述方式。一方面，这种层出不穷的悬念体现在故事的铺垫和延宕上。小说在开头分别叙述八位客人和两位管家收到的字迹潦草、内容大体相同、署名难以辨认的邀请信。接着，在客人们前往海岛的途中又制造了一系列悬念：与布洛尔同行的声称"审判的日子就在眼前"的老者、别墅每一间客房中关于十个小士兵的童谣、餐桌上摆放着的十个小瓷人、在第一天进餐时突然响起的对每一位在场者的罪行指控录音、布伦特朗诵的《圣经》文段……一系列悬念纷至沓来，它们既蕴含着凶手伸张正义的意图，又使故事前后呼应，打通各章节的脉络。读者也因此紧随作者置身案件当中，推测凶手与作案动机。与此同时，作者却不紧不慢地将故事无限期延长，从而使小说情节一波三折。在展开法官的"正义谋杀"案之前，作者屡屡变换叙述视角，让客人和仆人分别讲述十桩谋杀案，并且借符合布伦特性格特征的抗议与托词"根本就不是辩护不辩护的问题。我这个人做事从来不昧着良心，所以我也没有做过什么会被人谴责的事"，将故事再度搁置。之后布伦特对维拉供认和澄清女仆事件以及最后的凶手自述成为对案情的补充。在这样的补叙方式下，小说原本单一直陈的叙述模式被打破，从多个侧面披露人物性格与心理活动的同时，案件也在录音控诉、直陈和补述中变得丰满而发人深省。在阅读过程中，读者会跟随作者视角的变换反思布伦特对于道德含义的判断，体悟维拉面对爱情时无私与自私的矛盾，通过瓦格雷夫的眼睛看遍世间百态与人情冷暖……在罗杰斯太太、瓦格雷夫与阿姆斯特朗三人的遇害中，作者故意声东击西，制造死亡假象，将死亡延宕——罗杰斯太太晕倒后被救醒，最后饮毒而亡；维拉遇险时众人前往营救，却成功替瓦格雷夫假死做了伪装；阿姆斯特朗失踪后一度被误认为凶手，直至他的尸体漂回海边。在这种延宕中，故事叙述的空间被无限打开，众客人的相互猜忌、怀疑与内心的恐惧一次次被显露和深化。

另一方面，故事的悬念还体现在隐喻上。在《无人生还》的开篇，作者就设置了不少隐喻。比如客人们收到的信件落款"欧文先生", U. N 恰好是 UNKNOWN 的前两个字母, 意思是无名氏。正如小说主角质疑主人身份时讨论的那样, 它代表着一个未知数, 暗讽看似恶作剧的凶杀案背后是许多受冤的无辜者和尚未得到相应惩罚的罪人, 赋予小说深刻的审判内涵。小说中十个小瓷人和童谣也都具有隐喻和暗示的作用。通常在预示杀人的故事中, 用于隐喻的道具都有道德方面的象征意义。在本书中, 童谣不仅对应了人物死亡的方式, 同样也具有各种象征含义。例如预示瓦格雷夫死亡的那部分童谣提到"同去做律师, 皇庭判了死"含有对法律制度的反思, 揭示阿姆斯特朗医生死亡的"青鱼吞下腹"则讽刺其轻信的性格(英谚中被青鱼吞有落入圈套的含义)。

最后, 是耐人寻味的小说主题。与传统推理小说不同的是, 当我们在阅读过程中读到受害者一个个被谋杀的情节时, 很难激起以往阅读侦探小说时怀有的同情心; 当我们得知凶手下场时, 也无法得到伸张正义带来的快感。这自然与小说塑造的"圆形人物"密切相关。不过当瓦格雷夫法官选择采取这样的方式维护正义时, 案件的凶手与作案手段已失去讨论价值, 真正震撼人心的是作案者的身份与动机。这意味着彼时的法律已然不能维护公平与正义, 甚至不能保障公民的生命与财产安全, 作为法官的瓦格雷夫只能顺应自己的才能、天赋与职业技能, 选择用私刑维护正义, 而他自身却在捍卫公平正义的过程中沦为凶手。

当然, 小说为凸显主题而安排的情节并非十全十美。比如书中写道"岛上的死亡顺序是经过我深思熟虑之后悉心安排的"。可见法官对这些人的死亡顺序早已胸有成竹。然而, 死者罗杰斯太太是因服用了混在酒里的过量曲砜那致死, 显然法官无法预测罗杰斯太太会在听到唱片的控诉后晕过去, 亦无法预测她是否会喝酒，从而就不能确保自己有下毒的机会。同样地，麦克阿瑟将军在海边单独坐着也不被凶手所掌控，而若是他有其他人陪伴在身边，那么法官必然没有机会作案。此外，阿姆斯特朗医生轻信法官并答应与他合作的情节也不现实。在法官假死之后，真凶如果发现法官被其他人用童谣里的方式解决必然会惊慌，可当时所有人的反应都很寻常，医生应该想到是被法官欺骗了。可入夜后医生依旧依照法官的指令行动就显得不合逻辑了。还有，法官应该无法得知维拉在当时的情况下会回房间洗脸。而如果维拉不回去，那么他将众人引开从而假死的计划也将告失败……如此种种，皆是小说中可能存在的疏漏之处。当然，"孤岛模式"与"童谣杀人"的题材确实导致作品在叙述逻辑与推理上提高了难度，克里斯蒂在细微情节上的疏漏也尚可原谅。

而这本书真正的价值，在于它引发了人们对人性、法律与道德的拷问。如果说《尼罗河上的惨案》扑朔迷离，扰乱的是读者的思路；那么《无人生还》中一份童谣形式的判决书则扰乱了人们的心弦。当士兵岛由度假胜地变成人间炼狱，当大海隐去了波澜壮阔而代之以阴冷潮湿，当豪华别墅由开阔明亮变得鬼气森森，身处绝境中的人们有人坦然，有人惶然，有人凄然，亦有人不以为然。但无论何种心境，岛上的人都卸去了一切身份伪装，在声色俱厉的批判中，在像一个个待死的囚徒被送至刑场的过程中，都流露出真实的一面。他们渴望解脱——道德以及困境上的解脱。

尼采曾说："与魔鬼战斗的人，应当小心自己不要成为魔鬼。当你远远凝视深渊时，深渊也在凝视你。"也许在作者看来，真凶以自裁落幕是较好的归宿。既然同为恶魔，那么与杀人凶手们共赴黄泉也算死得其所。在最后的剖白中，我们感到人性的悲哀无法抑止，海中的荒岛犹如遗落的人性，在罪与罚的反思中，在法律与伦理的纠葛中变得无所依凭。文明在小岛上荒芜，道德的流放地满目萧条，无人生还。这部小说也因此变得深刻，当我们一再惊叹于克里斯蒂令人目眩神迷的写作技巧，沉醉于惊心动魄的故事情节，抑或流连于阴森可怖的悬疑气氛时，似不应忽略她这一曲挽歌背后流露的哀叹之声。

2019 年 2 月 21 日

一场温情的复仇

——读刘兴诗《灵鹫复仇记》

在我国科普创作界，刘兴诗的名字如雷贯耳。他曾说过："好的科普作品需要'真、善、美'，而且是孕育了丰富中国色彩的'真、善、美'，读者便不知不觉有河山之爱。"其实，不仅科普创作如此，他的儿童文学作品也贯彻着这样的创作观。

《灵鹫复仇记》讲述的是小男孩洛桑与奶奶一起住在西藏冈仁波齐山下的狮泉河谷里，以牧羊为生。洛桑因为曾救下两只灵鹫的幼鸟而与灵鹫成了好朋友。一次牧羊途中，洛桑遇见了两个向他打听古格王国遗址的外国人，却不料他们竟是为古城的财宝而来，还枪杀了洛桑的奶奶。洛桑与灵鹫为了守护深藏的秘密生死相依，与这两人斗智斗勇，用坚定的信念和超凡的勇气守住了古城，成功为奶奶复仇。在讲述这个与灵鹫携手复仇的故事时，刘兴诗秉持一贯主张的"真善美"原则，为儿童读者带来丰富多元的阅读体验。

小说带有"真"的情感与知识，甚至连非生命体都被赋予浓厚的深情。在《峭壁上的古国废墟》一章中，作者用极尽生动的语言和天马行空的想象力刻画荒草与乱石堆里散布的破碎尸骨：

"有的头骨天灵盖被劈碎了,露出两个大眼眶,冷冷地仰望着天空,似乎死前还对苍穹投视了无限怨愤的最后一眼……有的手指深深地插入泥土,仿佛想紧紧地抓住大地,不愿蓦然离去,看来必定对生养他的故土怀有浓浓的感情。"这段细描不仅将白骨的各类姿态淋漓尽致地勾勒出来,还由此展开联想,为尸骨与城堡编织了一个个动人的故事。森森白骨到了刘兴诗笔下不仅全然没有惊悚骇人的气息,反而因饱含情感而趣味盎然。同时,他在刻画古城时通过展现地域的历史典故、民间传说、民族风情等使此书富有文化内涵。值得一提的是,在最后的《地质学家笔记》中,作者还对冈仁波齐峰、象雄文明、本教等一些自然与人文词汇进行科普。这些科普知识融合着人文内涵,使作品更加有血有肉,生动鲜活。

小说富有善的性灵和追求。在目睹大蛇即将吞食灵鹫的幼鸟时,洛桑毫不犹豫地挥着羊鞭救下颤抖的猎物;在面对两个洋鬼子看古城的请求时,洛桑心怀善意亲自为他们带路;在得知洋鬼子们心怀不轨觊觎古城的财宝时,洛桑又与灵鹫携手,拼死守护雪山的宝藏。男孩的一次次善举不断温润和感化着读者,这对阅读此书的儿童读者而言无疑具有极佳的教育意义。

小说还具有美的语言与意境。如在《檀木护法的预言》一篇中,作者用生动的笔触写古格王国的优越地理环境:清澈见底的圣湖与鬼湖,披着冰雪袈裟的冈仁波齐峰,巍峨神秘的古格城堡……都在刘兴诗的笔端绽放出夺目的光彩,让人如身临其境,流连不已。再如写古城起风时城内发出的呜咽声音一处,作者称其"就是当年无数战死和被屠杀的冤魂的哭泣声和呼喊声",通过想象将城内声音传神地形容,古城也因此笼罩上一层神秘朦胧的面纱。

刘兴诗曾说："一本书犹如一个人，必须有自己独特的美学观。"《灵鹫复仇记》正是一场充满温情的复仇。我们不仅能从中读到优美的语言与真挚的情感，还能读到一颗善良真诚的赤子之心，在纸上熠熠生辉。

2019 年 2 月 23 日

动荡华年起哀歌

——读范迁《锦瑟》

读范迁的长篇小说《锦瑟》，笔者总会想起司汤达的《红与黑》。与于连这位步步为营地想改变自身阶层的"野心家"相较，本书中的"他"几乎卑渺得换不来只言片语的提及，甚至从头至尾连名字亦不配拥有。"他"生如蝼蚁，逝如落叶，绝无"小拿破仑"式的铿锵悲壮之音，"他"的经历是乱世中一曲凄恻哀婉的悲歌。

范迁谈起这部小说的创作初衷，是拾起泛黄的历史碎片，从个体的角度追溯交替时代知识分子的心路历程。"读书人"在动荡的历史中总是处于尴尬处境。他们作为独立的个体，或跟随时代脱胎换骨，成就新的自我；也有一些在新时代浪潮中随波逐流，最后庸碌一生；或是在新的潮流下无所适从，以致意气消沉。书中的主人公"他"自然也不例外。

从世俗的眼光看，"他"是一位难以令人尊敬的知识分子。他懦弱无能，当他因家族衰落失去经济来源时，倍感茫然，手足无措，甚至依靠房东家女佣人阿香的救济才渡过难关；他贪慕虚荣，当他得知艾茉莉倾慕自己时，利用这层关系吃大餐住豪宅，前往乡间大院疗养；他放纵挥霍，当他发现阿香与恽姐喜欢他，就与她们发生极少牵涉到情感的肉体关系；他毫无主见，从参与游行到结交社会人士再到参加革命，都是被身边的人推搡着走，而丝毫不具备自己的意志……可以说，"他"身上具有一些知识分子所固有的内在性格缺陷，容易冒进也容易萎靡，在身处顺境时恃才傲物不可一世，在遭遇逆境时则困顿消沉自暴自弃。

虽然如此，他却并不是一位真正意义上的"恶人"，尤其当"他"面对珏儿时。他看到珏儿被她婆婆罚跪时倍感心疼，便想替她出头，虽行事鲁莽却也是出于爱怜之心；他看到珏儿受惊的神情时于心不忍，虽因汤姆私藏枪支被发现而幸灾乐祸，却也时时挂心珏儿的景况；他因害怕珏儿在丧夫后又一次受打击而忧心忡忡，冒着降级的处罚与抛弃个人前途的代价心甘情愿娶她为妻；他在得知珏儿命丧黄泉时悲痛欲绝，这种疼痛甚至"扩展到全身每一根神经末梢"，脚骨也战栗不停……可见在爱情面前，这位读书人确是全心全意、奋不顾身的。当然，在其他人面前"他"也曾流露出善意。比如在他与恽姐碰到可怜的老妇人与小女孩时，他将口袋里的一块洋钱和五六张毛票尽数放在灶台上；再如当他面对他与阿香生的伶仃无依的小圊时，爱怜之情油然而生，也曾"很想做些什么来补偿一二"。书中主人公的灵魂深处夹杂着自私、怯懦、虚荣，但也同样裹挟着悲悯与善意。一个卑微无能却狷介自赏，兼具人性之善与恶的知识分子形象在范迁笔下栩栩如生，"他"波澜不断的命运时刻牵动着读者心绪。

诚然，"他"的多舛命途、郁郁一生背后是自己身上与生俱来，且根深蒂固的软弱性与惰性，而这归根结底是时代与社会的一种显影。历史总是大而化之，而小说却能够重塑当时生活中的每一处细节：微妙的政治气候，日益紧缩的经济环境，市井情状与人生百态……那个时代的激进与妥协，觉醒与愚昧都一一交织在作者笔端，令人感伤扼腕，也发人深省。

文学理论家谢有顺说过："作家只有带着个人的记忆、心灵、敏感和梦想进入此时此地的生活，也许才能发现真正的时代精神：一种来自生活深处、结结实实、充满人性气息的时代精神。"我想，范迁在创作《锦瑟》时，定然身临其境，用心体悟动荡"华年"中的一桌一椅、一草一木，把这段痛苦而迷惘的历史再度呈现给当下的读书人，鞭策我们居安思危，更安稳踏实地前行。

2019 年 3 月 8 日

山海无言自风流

——读海飞《唐山海》

　　谈起唐山海，不由得令人想起电视剧《麻雀》里张若昀饰演的那位国民党军统特工。他在生命最后一刻高唱着"万里长城万里长"走向活埋坑的从容与毅然令无数观众扼腕唏嘘。时隔数年，海飞笔下的唐山海又一次走进了读者视野，带着同样不惧生死的淡定与洒脱，带着陌生的故事与熟悉的风流，再度为读者献上一曲扣人心弦的谍战高歌。

　　小说中唐山海为给国民党军第一批德械部队——第二师补充旅第二团的团长郭庆同当保镖，带着他的三个帮手——来自驻防杭州城 55 师部队的贵良、万金油和花狸来到上海，并在刚下火车后收了少年丽春做"小弟"。作品从丽春的视角切入，主要讲述了唐山海与他的手下们为了在淞沪会战打响时保住战略要地，积极协助上级作战，化解了一道又一道难题的故事。

　　也许有读者会问，区区一介保镖，何德何能得作者青眼，担当故事的主角？当然，唐山海能够在英雄遍地的乱世中脱颖而出，必有其过人之处。他那通身时髦前卫的装扮与架势十分引人注目。小说中"唐山海雪白的衬衫便在人群里异常显眼。他太像一个少爷了，在万金油、贵良和花狸的簇拥下走下火车……"这一传神生动的记叙，三言两语便使一个派头十足的富家子弟形象跃然纸上。唐山海还有极其专业的侦查素养，包括矫健不凡的身手和敏锐的嗅觉。比如写唐山海第一次出拳时，作者将每一处招式写得很细致，"唐山海在躲过一轮流星锤般的右直拳后，轻巧地侧过身子。就在蹲腰之际，他却抓住空档猛然送出一记冲天拳，重重地落在了对手的下巴上"，在增强打斗画面感的同时也凸显了主角非凡的身手。在唐山海疑心假桃姐身份时，他先是从花狸随口一句"'桃姐'身上很香，比百雀羚的雪花膏还要香"觉察到异常，而后又回想起假桃姐知道贵良取下了机场草地上刺客留下的脚印，最终"唰的一声从尸体的头顶揭下了整整一层皮"，揭露了事情真相。最重要的，是唐山海此人最致命的魅力——即使在生死关头依然保持淡定从容的风姿与气场。在人物出场时，作者通过"唐山海站在那把黑伞下无声地笑了，雪茄头上很长的一截白灰终于在微风中温和地掉落下来"的细节描写，将命令手下施行暴力的主角塑造得优雅且云淡风轻。在写唐山海抡拳时，也有"他将嘴角牵动起，好像对丽春笑了笑"的描绘，赋予人物"谈笑间，樯橹灰飞烟灭"的高蹈之姿，令人观之叹之，赞之赏之。在《唐山海》一书的创作谈中，海飞更是直言对主角的青睐："在那个凛冽而决绝的年代里，男人的姿势是如此一往无前，仿佛山海皆可踏平！"

一个令读者叹服的人物形象得以成功塑造必有高超的叙述技巧。在小说中，作者采用全知视角和以丽春为第一人称的限知视角穿插叙述的方式讲故事。在全知视角观照下，人物形象和事件的细枝末节全盘托出，整个叙事有条不紊，清晰明了。这一视角所特有的冷静笔调也让读者对小说有客观全面的解读与分析。而以丽春为第一视角的限知叙事，是从一位初来乍到的"新人"之眼看唐山海。从丽春偷钱包被地头蛇盯上，唐山海轻松为他化解了危机，到他跟着唐山海每一次破解难题，这个大哥在丽春眼中既有对战对手时杀伐决断的威风凛凛，又有同下属相处时仁慈宽厚的一面。主角形象因此得以立体和丰满。

在叙述上，作者兼用优美温和的叙述与俚俗语言，使整部小说节奏匀称，错落有致。比如"似乎把自己坐成了窗口前蜿蜒生长的一盆忧虑的藤萝""挤进屋子的风吹拂起宝珠手臂上那排细柔的亭亭玉立的绒毛，让他止不住想起一片飘荡的芦花"这类天马行空的联想，替小说中刀光剑影的血腥气披上一层柔和轻薄的面纱。而"身手十分结棍""小赤佬"等人物对话中频繁出现的上海方言又为小说增添了一抹快意恩仇的"江湖气"，令文风时刚时柔，读来回味无穷。

读完此书，唐山海神气昂扬、俊逸洒脱的姿态久久地停留在脑海里，挥之不去。海飞用一支细腻深刻的笔，向我们展示了那个时代的人物风流。身处和平年代的我们，能够跟随作者的神妙之笔，一起穿越回那个战火纷飞的年代，一睹超群卓然的人物风姿，一探前所未有的人生体验，幸甚至哉！

2019 年 4 月 3 日

"神探"的大义

——读陈东枪枪《神探华良 1：嗜瞳》

许多人少年时爱做侦探梦，梦想成为"冒险小虎队"般无畏无惧、知难而进的少年英雄，成为夏洛克·福尔摩斯般天赋异禀、神思敏捷的推理奇才，成为包拯般一身正气、秉公执法的官场清流……在《神探华良 1：嗜瞳》中，陈东枪枪作为新一代推理小说作家，以极具个性化的笔触讲述民国舞台上的神秘传奇，为侦探小说天地增添了一抹亮色。

故事发生在 20 世纪三四十年代鱼龙混杂的上海滩——一座处处密布谜团的城市。华良身为十里洋场最神勇的警探，是整个上海警务系统的脊梁骨。可就在法租界"嗜眼狂魔"连环凶杀案频发，上海滩的头脸人物相继蒙难之际，"神探华良"却在一夜之间消失得无影无踪。与此同时，和平饭店的大厨徐三慢——一位跟华良有着同样长相和同样缜密周到之推理能力的年轻人，假扮并取代华良依次侦破了"嗜瞳"案和"仙女煞"案，并卷入了错综复杂的"死档"案件。

作者有意在故事初始以徐三慢的视角切入，见证了一位厨子在一次次刀光剑影中险死还生，逐渐成为一名真正讲道义、求真相的"神探"。这位假"华良"是城市的巡行者。他游走在罪与罚的边缘，以利刃般的推理切割真相。徐三慢凭借他与华良一般无二的灵敏嗅觉捕捉每一处蛛丝马迹：他在医院拜访院长贾林时，便以敏锐的直觉与周密的推理判断出贾林是杀人凶手；在"仙女煞"案件陷入泥淖时，他及时发现邪教组织是用烟雾做障眼法轻松掳走了七位女士；在杜长风向他诉说冤情时，他当机立断与杜长风合作上演一出"声东击西"。

这位冒牌"华良"并非仅有查清案件的决心与卓越的探案能力，更具有一般侦探不具备的"大义"。作为一名平凡的厨子，徐三慢没有责任与义务听从上司格雷的命令留下来接替华良工作，甚至他立下的汗马功劳无法记在自己头上。在这种情况下，他依然选择留在警局，将一桩桩迷雾团团的案件条分缕析，大白真相。这无疑是人物骨子里的侠气与道义使然。在那个草木皆兵的年代，时代的腐朽已无可掩盖，高贵的灵魂却依旧能够在乱世中笑傲江湖，绽放夺目光彩，让人读来感慨万千，也敬佩涕零！

当然，从事侦探工作，仅凭一人之力是无法成事的。在《神探华良1：嗜瞳》中，徐三慢也有一群可爱的伙伴：银行家莫向南的儿子莫天、医术精湛的女法医高婕、莫天的宠物小白鼠……都是"华良"侦案过程中的得力助手与亲密战友。高婕在医学领域的高深造诣为"华良"提供了莫大帮助，嚷嚷着要伸张正义的"贵公子哥儿"莫天看似纨绔，实则在许多破案的重要关头为"华良"带来新的思路与启发。

小说中，侦查案件的每一天都是在浩瀚迷宫里迂回曲折、跌跌撞撞，而借"神探华良"之名叱咤上海滩的大厨徐三慢是一盏明灯，照亮了重重迷雾。《神探华良1：嗜瞳》虽然所述并非真

"华良"的故事，但让假"华良"匡扶正义的同时，也从侧面丰满了"神探华良"这一人物形象。

小说里形形色色的人物，或许平庸，或许卑微，但在陈东枪枪笔下，他们心存大义，温情似海，深深地植根于每一位读者心中。"虽千万人吾往矣"，这种为了伸张正义，查明真相而置个人生死于不顾的精神着实可歌可泣，为乱世之中的上海滩平添一股豪气！

故事结尾处，"华良"得知假的汪世仁带着杜长风离开警局后立马追了上去，却已不见二人踪迹。故事戛然而止，但"神探华良"的使命却并未终结。由此，《神探华良》系列接下来的作品将继续书写传奇，为读者带来熟悉又新奇的阅读体验。

2019 年 6 月 8 日

幻灭中的荒诞透视

——读雅歌塔·克里斯多夫《不识字的人》

　　雅歌塔在《恶童日记》中曾以冷峻精简的语言质感道尽暗涌的回忆与真实的人生，述说有关流亡生涯的隐秘痛感。《不识字的人》作为雅歌塔一部带有自传性质的小说，鲜有文采藻饰的修饰和烦琐冗长的句式，而是用名词和动词打造删繁就简的文风，并在不经意间透露一丝荒诞感，直击人心。

　　全书为四册小书的合集：《噩梦》《昨日》《你在哪儿，马蒂亚斯?》和《不识字的人》。每册书的内容与体例各不相同，却同样萦绕着残酷与幻灭交织的黑色氛围，呈现出现实与梦境交织的迷幻风格。此书十分贴近作者本人的声音，在勾勒生活的荒谬无奈与充满迷幻的超现实感时，笔触更显轻盈多变。

　　本书最末的自传体小说《不识字的人》见证了作者从一名普通匈牙利乡村女孩到国际知名作家的漫长历程。童年时和亚诺、蒂拉嬉笑打闹的回忆，寄宿学校里用日记记录忧愁的安静时光，工厂里单调有序的机器节奏声，逐渐学会用敌语写作的瑞士岁月……都构成了雅歌塔生命中不可磨灭的诗行，如同文中所写："昨日一切都很美好/树林间的音乐/发丝间的微风/还有你伸出的双手里的/阳光。"

《昨日》是一部用回旋结构精心打造的短篇小说。它讲述了童年时互生情愫的男孩女孩因为阶级、命运、世俗等牵绊最终没能走到一起的悲伤故事。然而,也正是因为掺杂了诸多悲哀、压抑与伤痛,"昨日"才更显凄美。尽管男孩母亲的妓女身份让人唾弃,尽管女孩在多年后相见时已经有了自己的家庭,尽管男孩终其一生只是一个庸碌无为的工人,尽管最后男孩的刺杀令女孩丢失了抚养权……尽管有如此多令人无奈且难以挽回的"尽管",但"昨日"却因爱而不得愈显动人,因爱情破碎更添美感。与之相应,后一篇《你在哪儿,马蒂亚斯?》呈现出同样的戏剧化效果:同样的爱慕与等待,同样跨越无限时空长河的爱恋,换来同样的无疾而终。雅歌塔以清晰有力又荒诞不经的笔触写出了生活的真实。卡夫卡说:"一本好书一定是能劈开我们心中冰封的大海的斧子。"在笔者看来,雅歌塔的文字就拥有这般魔力,坚硬冰冷,却又透彻开阔。

书中最令人惊叹之笔当属开篇的《噩梦》。二十五个如同梦幻泡影般的小故事戏谑怪诞,却又折射着真实生活的影子。其中《房子》一篇,看向未来的小孩与从未来过来的男人之间有一场经典对话,类似于鲁迅的《过客》,书中人物就未来道路上是金钱和爱情,还是种满了花的花园,或是充满寂静和污泞的田野这一问题展开争论,引人深思的同时也体现了作者在亲历战乱之苦,饱尝和家园分离之痛后重新找回自我、审视过去的诉求。再如《信箱》,故事中的"我"出生在孤儿院,在漫长的岁月里始终等待着亲生父母的来信。在他的期待中,自己来自一个平凡却充满爱的家庭,父母当初迫不得已才抛弃了他。然而当他终于收到来信时，却发现事与愿违：自己只是一个没有被期待的生命——一个私生子。他无意接受父亲施舍的事业，只想选择逃离："为什么是印度？可以是任何地方，只要我的'父亲'再也不能找到我。"这一荒诞的结局暗含极强的讽刺性和复杂的人性，也影射着无数人的人生。还有由一个错误电话号码引发的一连串"事故"，一个默默无闻献身的工人，一场永远等不来开往北方列车的无谓等待……都向读者展示"一种巨大荒谬的呓语所组成的牢房"。

身为一位"不识字的人"，雅歌塔在瑞士用法语这门"敌语"开启了新的写作征程。她因命运、时局和偶然而被法语选择是不幸的，也是幸运的。透过作者荒诞无比的文字，我们能窥见生活的残酷与幻灭。而透过这层幻灭，我们还能惊喜地探查到隐藏在文字背后作者坚定又清澈的眼神。

2019 年 8 月 14 日

小人物的流火岁月

——读侯波《流火季》

在小说写作中，对小人物的书写是一项比较有挑战性的工作，多一分则易"假"，少一分则易"平"，作品常常因缺乏立体鲜明的人物形象而失去吸引力。不过，很多大作家都能将小人物塑造得栩栩如生。譬如钱锺书的《围城》，莫言的《蛙》，都是聚焦小人物人生写出的经典之作。同样地，侯波在长篇小说《流火季》中也成功塑造了一大批终身致力于我国石油事业的平凡人物，为我们书写了一部石油人的奋斗史。

小说以 1907 年到 1943 年陕北石油开采的历史为大背景，叙写了两代石油人的精神成长历程。在他们中，以贺学文、贺山子、黄桂芝等为代表的石油人形象深入人心。作者将小人物们同中国陆上第一口油井的开采，与中国红色革命史结合到一起，生动再现了在曾经艰难岁月里火红的时代精神。在过往的时光里，石油人既生产战略物资，又进行革命斗争，因陋就简、流血流汗、攻坚克难，传递了满满的正能量。他们作为黄土地上的革命者，在异常恶劣的自然环境与社会氛围中誓死保护石油资源，为了理想与事业拼搏奋斗，积极支援了中国共产党的革命事业。

在一众小人物中，笔者以为该小说塑造得最成功的是贺家兄弟——贺学文与贺山子。

故事伊始，学文和山子的母亲惨遭日本工人侮辱，使贺家全家有了致祸之虞。涉世未深的兄弟俩压根斗不过阴险狡诈的杀父仇敌，学文的弃学与山子的出走，是年少无知的兄弟二人坚定却充满无力感的抗争。在这之后，贺家兄弟二人分别走上了不同的人生道路：贺学文为学习先进的石油开采技术留学日本，学成归来后在石油厂里稳扎稳打钻研与开发；而贺山子则有自己的主张，只身一人步入社会闯荡，几经曲折后成功走上了革命道路。

其中，贺山子陪同苏作相进行擦枪油交易时遇到杀父仇人徐怀义的情节令人击节称叹——对山子而言，一边是组织下达的命令，必须拿到擦枪油、蜡烛以及油墨，革命事业才能够继续进行，一边是除去杀父仇人千载难逢的好机会。他彼时的抉择往小了说，会影响一场交易的进行；往大了说，会影响很多人未来的人生，当然也包括他自己。此处侯波老师对山子的每一笔刻画都恰到好处，彰显了入木三分的写作功力："望着仇人，贺山子眼睛红了，血往头上涌，他大声说：'苏队长，这是我的杀父仇人，我父亲就是被他串通土匪杀害的。'贺山子端着枪依然对着徐怀义，几乎带着哭腔说：'苏队长，我父亲死得可怜啊，是被他害死的啊。'他的手在颤抖着，嘴里呼哧呼哧喘着气，喉结在滚动着。在这样的僵持中，他忽然间蹲了下来，双手掩面失声痛哭起来。"——可见，山子内心一直牢牢记着未报的父仇。作为一名有组织有纪律的共产党员，他不得不服从命令，听从指挥，顺利完成任务，身为儿子他又无法一而再、再而三地错过报仇机会。公与私两种立场的冲突使他内心充满了矛盾与纠葛，因而才有了这般的情绪崩溃。所幸的是，山子虽对报仇未竟一事耿耿于怀，最后还是选择了服从命令，这可说是贺山子人生中很重要的一次成长："就在这一瞬间，他忽然觉得报仇的意愿不是那么强烈了。如果几年前，遇到这样的机会，他可能会不顾一切地冲上去，杀掉这个人，天王老子也拦不住。但是今天，他最终觉得还是苏作相说的有道理，作为一名游击队员，私人的爱恨情仇都应该服从于组织。想通了这一点，他也很惊讶，自己竟然有了这样的转变！"

此外，贺学文得知张宏霖带着人与山子对喊后，连忙骑马赶去阻止的情节，也将人物塑造得有血有肉。虽然学文并未同意将擦枪油卖给山子，但当他得知弟弟可能有难时，还是二话不说赶去救命："一到这里，听得枪声密集，他登时大急，大声喊道：都不要开枪，都不要开枪——"在贺学文心里，他对弟弟山子的情感是深厚且复杂的，有"哀其不幸，怒其不争"的无奈与痛心，也有兄弟俩相依为命的心疼和怜惜，还有自己身为兄长却没有保护好弟弟的自责与愧怍……这一刻，贺学文的所作所为一定程度上挣脱了党派门户的拘囿，在坚守自身立场的同时，也表现出兄弟间的手足之情。虽然学文与山子在刚开始时走的道路不同，但骨子里的血脉亲情将他们紧紧绑在一起，在人生的危难关头一次又一次相互扶助，共同成长。也许正因如此，这个原本不幸的家庭在接连走了母亲和父亲后并未一蹶不振，而是在兄弟二人的生命中实现崛起。

除了学文和山子以外，小说中还有许许多多出彩的人物形象。并且值得注意的是，小说虽场景宏大，人物众多，但作者侯波塑造的并非空喊口号的革命者形象，而是一群有血有肉，真实可感的石油工人。他们仿佛就出现在长辈娓娓道来的故事里，又或者存在于泛黄的故纸堆中，裹挟着不断流走的光阴，让我们为之感动的同时又肃然起敬。当张宏霖听说黄桂芝要被父母安排嫁给施行家庭暴力的马乡绅，便与伙伴们设计救出了黄桂芝，最终却因偷油露了馅；当贺山子在土匪那儿得知徐怀义杀了自己父亲时，血红的眼睛被仇恨占满，却因为尚且年轻斗不过老谋深算的仇人而无计可施；当黄桂芝在寂静的夜里触景生情时，会动情地向一井诉说当年的青葱岁月，以及万千心血终于成就大事的感慨不已；当学文得知丹凤有了娃娃时，也会因为自己成为父亲而兴奋得手舞足蹈……在这些小人物的琐事中，我们总能看见日常生活的无奈与心酸，欣喜与安慰，它没有传奇，也毫无隐秘，有的只是真真切切的生活。在《流火季（下）》的开头，作者谈道："真实性是作品的生命力，对于一部小说尤其如此，那些远离生活而生发的虚假想象，不仅脱离生活，失去生活的鲜活性和真实性，也使文本矫情而虚伪。"的确，侯波书写的是一种"落地的文学"，它扎根于那代人的生活土壤，真实却不露骨，细腻却不造作。在小说中，作者将真实与虚构相互交织，从引子开头的一句"这些资料是我从一个邻居那里得到的"肇始，缓缓展开叙事脉络，向读者们还原了文学的真实与生命的真实，在讲好故事的同时也对中国社会现实以及未来发展进行了个性化思考。

与此相应，黄土地上的爱情也全无花前月下的浪漫与海誓山盟的热烈，而是纯粹地认定一个人，生一大堆娃娃，就这样守着这个家平平淡淡过一辈子。它或许平常无奇，却因为"生存"这一永恒的主题而显得亲切质朴，淡然平实。譬如贺山子与转儿之间的感情。两人在山洞里相互依偎时，虽互相坦白表明了心意，但山子内心对转儿的万千柔情还是被理性压了下去："山子望着她，就忍不住伸手想抚摸她一下，但手伸到半空，又忍住了……他对生活充满了憧憬，甚至想着，不要这一切了，就和她一起回去种地去，老婆孩子热炕头，过着这十指相交、日夜相依的生活。但是理智告诉他，不能，不能啊。"再如张宏霖与黄桂芝之间的爱情，还没来得及相濡以沫、共携百年，张就因为曾经"只要有我张宏霖在，厂子就不会属于别人"的诺言，自杀离开人世。自那以后，黄桂芝只能将所有的情感倾注与寄托在孩子张一井身上。由此可见，在那个兵荒马乱的年代，浪漫的爱情无疑是一种奢侈，甚至安稳踏实的夫妻生活也未必能成为现实。所有个人的情感必须服务、服从于组织。在纪律与大义面前，私情、私利、私心都显得微不足道。

"我们生活在一个有着永恒过去的地方，中华文明进程中几乎所有重大事件都与这个地方密切相关，有些甚至具有世界性意义。对这个地方了解越多，敬畏也就与日俱增。"就像侯波先生在小说扉页上引用的这段话，陕北土地上的石油故事与一代又一代石油人身上的精神品质已经流淌进中华儿女的血液里，生生不息地伴随着一代又一代中华儿女成长、成才。

2019 年 10 月 8 日

浊酒一壶慰风尘

——读海飞《风尘里》

"风尘里"——这一裹挟着无尽漂泊意和沧桑感的书名如同一坛封存已久的佳酿，在尚未启封时便伸出触角，勾起读者的探索欲。小说的主人公田小七又名"小铜锣"，是位其貌不扬，却英勇无比的街头英雄。他明面上是明朝万历年间的一位更夫，私底下却是一名助人劫狱以谋取营生的鬼脚遁师。

与众多英雄人物一样，田小七有一帮生死之交：将兰花指翘得风情万种的唐胭脂、精通刀功与赶马车的刘一刀和擅长钻洞的侏儒土拔枪枪。他们四个是辽东战场上平叛将士的孩子，从小在吉祥孤儿院中被嬷嬷马候炮抚养长大。四人顺利完成了礼部郎中郑国仲派的活儿，从北镇抚司的诏狱里劫走了朱棍。通过测试的四人又被赋予前往福建查询锦衣卫千户程青和日本使团下落的使命，之后"四人团"终于回到京城。小说后记中，两年后的田小七与心上人无恙姑娘重逢在辽东，却分属不同阵营。故事在无恙姑娘一句"令人担心的寒潮，还是如期而至了"中戛然而止，留下了耐人寻味的一笔，引起读者无限遐思。

海飞笔下的人物总有一颗侠义之心。田小七带领自己的团队攻克了一道又一道关卡，凭借智谋、武力和团结书写属于他们的谍战生涯。在朱棍料定他插翅难逃时，他腼腆又自信地说"其实我就是先例"；在被对手网住时，他依旧安然若素、气定神闲地与对方谈论着生蚝里多加的蒜蓉；在程青惊慌失措又气急败坏地质问他时，田小七头脑清晰地知道下一步是要弄清被绑架的使团人员被关在何处……他自恃武功高强、不可一世，脸上却总是一派温良谦和的表情。主人公自信从容的人格魅力不仅征服了书中的无恙姑娘，也令不少读者为之倾倒。不过，田小七作为英雄形象有其特殊之处。海飞在《创作谈》里曾谈道："英雄是不能问出处的，英雄最好不要是英雄世家，是平民家出的英雄最好。"田小七形象的成功正在于此。他并非出身豪门的达官显贵，也不是单刀走天下的武林侠士，而是芸芸众生中最不起眼的那一个。平平无奇的身份使他身上带有寻常百姓的影子，总能唤起读者共鸣，打通了小说与读者之间、英雄与平民之间、传统与现代之间原本不可逾越的鸿沟。

《风尘里》与海飞以往的作品相比，虽是全新的时代背景，全新的人物形象，字里行间却依旧有浓重的个性化色彩。这一点在小说语言上体现得尤为明显。小说开篇，更夫小铜锣"对着一堵生机盎然的城墙撒下一泡泡沫丰富的急尿"；打斗过程中，有"他们粗重的呼吸中好像有大蒜的气味"的场景描写；追忆过往时，小铜锣和刘一刀总把土拔枪枪往前推去洗澡的回忆，在不经意间营造出一种滑稽效果。而滑稽表象的背后，深藏着作者在田小七这伙街头英雄身上寄寓的崇高情感。于是，外在与内在，滑稽与崇高，肤浅与深刻，造成一种强烈反差，作品的张力与深度就此形成。

君着锦衣行，出没风尘里。拨开历史的团团迷雾，我们仿佛看见海飞笔下的锦衣少年踏碎月光打马而过，看见酒香深处舞娘春小九富有节奏感的玲珑舞步。这些生命遭受过绝命搏杀，也经历过美丽动人的爱情。他们的人生在万历年间的时空里蓬勃生长，就像一壶浓郁醇香的好酒，告慰着精彩纷呈却早已逝去的滚滚风尘。

2020 年 2 月 6 日

透过华丽的 "虱袍"

——读但及《款款而来》

　　款款而来，当笔者缓缓读出这个词，浮现在脑海中的是一位身着华贵旗袍的女子，摇曳着婀娜身段，踩着清脆高跟，穿越漫长的时空隧道款款走来；读罢此书，方知书中女子至死方才穿上这身玲珑旗袍，而男女主人公饱经苦难的人生，正如张爱玲形容的那般——"是一袭华美的袍子，爬满了虱子"。

　　任何一部打动人心的生活化小说，总能在人物身上找见或明或暗的人性之光，从而询唤出读者内心的情感认同，《款款而来》也不例外。甘阿龙仁慈宽容却也偶尔越轨，能沉下心几十年如一日埋头做衣，也曾在医院暴跳如雷摔凳子和病历；黄采莲一生贪慕虚荣却在晚年凄苦离世，能狠下心抛夫弃女追寻风光人生，也曾无限愧怍，自责不已；默默热情聪慧却也偶尔任性，能借诗才崭露头角，也曾在母亲多日晚归后死守家门将之拒于门外……但及笔下的人物丰满又立体，他在受访时说："这是必需的，因为只有这样，人才是真实的。"

　　人物的真实感源自作者对日常生活的细致体悟和为文遣句的巧妙用心。小说中，作者的铺叙编排尤见功力。一是将真实的地名与虚构的故事结合。月河、范蠡湖、觉海寺、瓶山……嘉兴城沉寂的地理景观因阿龙、采莲、默默、堂哥、伟嘉、红樱等一系列鲜活人物的存在而增添亮色。他们在这片土地上相爱、斗争、生存、挣扎，使嘉兴成为一座富有生气、有血有肉的纺织之城。二是将小裁缝铺这片方寸之地与浩瀚的历史变迁相结合。从旗袍到中山装再到西装、喇叭裤，从春布坊到人民公社再到上海海派时装公司，甘阿龙手中的布料承载的不仅是一件件贴合身形的衣服，更是一部生动细腻又恢宏磅礴的中国近代史。三是将客观叙述与个性化描写结合。小说的上帝视角对每位人物都有深切观照，使读者得以洞悉人物内心世界，为阿龙的隐忍、采莲的不忠、默默的重生、伟嘉的不轨等一切举动做了合理化解释。同时，文中偶尔闪现的俏皮之笔又让小说语言张弛有度，紧慢相宜，譬如写采莲搂着的男人"肥而不腻，肥得恰到好处"，写恋爱中的默默和伟嘉的车"连每根车条都闪耀出亮眼的光芒"，写与默默告别时满怀理想的伟嘉"仿佛也会写诗了"……但及在书的《后记》中谈及，"一个长篇，最大的难点不在于故事的复杂度，而在于情感的复杂度"。正因他虚实糅合、寓微观于宏观以及客观理性又不失灵动的写作笔法，小说中横跨半个世纪的爱恨情仇，其中的忠诚与背叛，逃离与坚守才更令人印象深刻。

作品这样复杂的情感渊源已久。《款款而来》与作者九年前的长篇《旗袍》讲述的是看似相仿却又全然不同的故事，或可称之为对同一故事的重释性叙述。"不同的叙述会看到不一样的风景"，当充满变数的生活成为常态，不同时代下的不同个体，甚至同一个体在人生的不同阶段，内心体悟与选择都有所差异。但及的这部小说正是对这些关乎痛痒、得失相系、情理相融的生活

问题重新交上了自己的答卷。加缪《西西弗神话》中的西西弗推
着反复滚落的巨石上山,一遍一遍,没有穷期,小说中甘阿龙、
黄采莲等人物所面临的生存困惑与逆境,何尝不似西西弗的"巨
石"般,成了人类经验史上历时性的难题?因此,当作者再度拾
起这个故事时,它已拥有了经受苦难历练与智慧滋养后的全新面
孔。作者笔下爬满虱子的人生华袍并未黯淡蒙尘,人性的灵活与
坚忍反而从阿龙手中的针线罅隙中透射出来,绽放出摄人心魄的
光彩。

2021 年 5 月 23 日

注视之外看历史

——读赵毅衡《沙漠与沙》

这本融史、诗、思于一体的小说集，沿袭了赵毅衡一贯的风格。赵毅衡是符号叙述学专家，从学术领域到小说天地，理性思辨和学者气质依旧闪现在文字的罅隙间，使他的小说写作实现了文论叙述与艺术演绎的生动融合。

作为一名学者作家，赵毅衡对小说创作一直跃跃欲试，并自谦为"形式实验者"，将符号叙述学五花八门的原理付诸实践。在他看来，理论研究并非纸上谈兵，反而对写作指导大有裨益。《沙漠与沙》这部小说集，是在形式论外壳下潜藏丰沛的创作能量和厚重的历史关怀，以"元小说"的策略追寻遗漏在时光长河中的历史记忆。

以《在历史背后》的"刘知远·白兔·李三娘"故事为例。作者紧扣传统剧目中关键性意义的空缺——身为伦常道德表率的刘知远缘何弃发妻十六年于不顾这一问题，揭示了传统政治权力借助道德外衣自抬身价的不争事实。同样地，《晁盖之死》也是对历史事件的重释性叙述。《水浒传》中义薄云天的草莽英雄神话被鬼气森然的叙述手法一一消解，绿林好汉们替天行道的侠义精神也在政治权谋面前不堪一击。尤其值得注意的是贯穿小说始终的诡异气氛——在一遍遍"梁山好汉不死"的口号强调下，水浒英雄们展开按部就班的复活仪式；在铿锵有力的排比句式中，万众一心的聚义精神似"乌托邦"般虚幻缥缈；在梁山好汉们洞若观火的了然态度下，"从此梁山好汉死后不再复生"的结尾之笔令人胆寒，悲从中来。作者不改变原有文本叙述节奏与语言风格，以细节上的精研细磨塑造人物、渲染氛围，使读者直接面对祭典这一过程本身所有的仪式化特征及其裹挟的怪力乱神色彩，引得读者心神为之一颤。

这种对历史的反叛，源自赵毅衡犀利独到的现代批判意识——"历史如地壳，缺口缘缝而生，才会愤怒地呼号，或者更准确地说，所知不多者，才有胆量为历史代言，试图在厚实的疤痂上叩诊。"这是一种对历史有一定距离的观照。同时，也是当代小说在自身叙述行为上的自觉。

被拆解的传统符号伴随着一种荒诞与虚无感，使历史事件经多重阐释之后似真似幻，复归混沌面貌。例如《沙漠与沙》一篇，作者先以一段娓娓道来的传奇拆解了历史本身携带的浓厚意识形态，而后在结尾处添上"小说之后""小说之前"的元意识叙述干预，实现对逻辑线索明晰的传奇故事的"二重解构"，为原本扑朔迷离的历史增添了一份芜杂与不可知性。赵毅衡也曾以生动的比喻解释这层变幻莫测的虚实关系——"（元）小说……自我点穿了叙述世界的虚构性、伪造性，就好比傀儡戏的牵线班子，本有一道布帘遮盖，现在撤掉布帘，读者就不再可能把演出当作'真实'的，……在这样的元小说中，小说及其对象就没有本质上的差别了，虚构和'现实'可以任意转换，转换到不知何者在虚构何者。"诚如斯言，元意识的闯入使小说虚构的艺术形象与真实历史事件无缝衔接，将艺术历史化，也将历史艺术化了。

赵毅衡对现代小说意识的谙熟使他运用元小说技巧创作驾轻就熟。同时，他超乎寻常的敏锐直觉和富有传奇色彩的人生经历又使其创作不致流于板滞和空疏。由于师承卞之琳与白芝两位先生，赵氏小说兼有形式论的技巧与传统诗性文化的古雅韵致。这在小说《侠与妓》行止有序、疏密得当的铺排与形式化的朦胧结局中得到生动诠释。因早年留学海外，作者笔下的中国历史被身处异国文化体系中的"他者"目光赋予以往文学史未曾提供的新视域：《芜城》中套绣鞋穿斜襟红绸褂子手握檀香扇的歌女，令人思索离乡背井的海外群体的归属意识；《易经与考夫曼先生》中从周易大师沦为借占卜谋生的风水先生李舆生，让人思忖博大精深的传统文化在现代文明的藩篱之外又该何去何从；《注视三章》中为达成预期演出效果而在表演中不惜自焚的老艺人，使人在扼腕之余不禁思考人们应如何应对自己关于被注视的欲望。

"最可怕的不是变成一粒沙，变成千万粒沙中的一粒，而是落到沙漠尽头之外的沙漠之中，消失在一切注视之外。"在由符号虚构起来的叙述中，意义本身也是叙述的产物，而我们面对的现实世界不过是一个同样由符号构筑的大文本。正因如此，在赵毅衡的小说创作中，文本的意义被搁置一旁，而史料空缺条件下自由发挥的创作活动本身被进一步凸显。可以说，这样的创作是抽离于线性演进的时间这一注视之外的，但同时，它又在浩瀚无垠的历史洪流之中，在一切古老神秘的感觉和记忆之中。

2021 年 11 月 15 日

迷惘与坚守

——读冯桂林《生意场》

生意场，是不少身怀绝技者的竞技场，是企业家们险象迭生的沉浮录，也是无数普通商人成败无常进退不定的角逐之地。读罢《生意场》，笔者却对这一领域有了新的认识。并且，或许因小说以第一人称视角展开非虚构写作之故，呈现在我眼前的竟赫然有两位冯桂林——一位是在生意场上取舍有度、游刃有余的冯先生；另一位，是时过境迁后坦然记录从商经历的冯桂林。前者吞云吐雾、叱咤商海，迎面呼啸而来；后者冷静自持、缄默崛立，似一块低调内敛的磐石。

这样的双重身份使冯氏写作得以"入乎其内"，将场内的光怪陆离尔虞我诈逐一呈现。同时，又能"出乎其外"，对传奇的经商故事祛魅，让我们得以清晰目睹一位生意人历经坎坷走向强大的曲折商途。自20世纪80年代末从国营服装厂辞职后，冯桂林沉浮生意场三十余载，领教过利欲横流之下的阴谋、背叛与算计，也收获过发自内心的真诚、善意与感动。本书正是在回顾这段经历的过程中，对自身过往和所处时代予以审视、省察，不断深化对自我、他人和时代的理解。书中《偷渡者》《绅士》《购船记》《黑白道》《商之道》《发小》六章各自独立成篇，勾连在一起，却又汇聚成一部波诡云谲、扣人心弦的精彩创业史。

创业很难，将漫长浩瀚的经商过程与纷繁复杂的人物关系容纳在一部十余万字的自传体小说中，更是诚非易事。难得的是，冯桂林的小说不仅结构严谨、脉络明晰，还给人一种粗粝厚重的真实感。它源于故事中千姿百态的众生相，如《购船记》中沉稳靠谱的高昌、心无城府的娜塔莎、遇事沉着的戈主任、奸猾狡诈的章总、恬不知耻的龙根……虽着墨寥寥却鲜活生动，音容笑貌犹在眼前。它还取决于作者贴合时代的取材，如《商之道》中富达服装厂厂长张国光为抢客户，暗自在"我"所在的金丰公司安插耳目，却不知贸易和加工是截然不同的两码事，最终因缺乏外贸常识而败北；又如《发小》中和"我"一同成长起来的朋友因利益纠纷分道扬镳，甚至唯一和"我"没有经济往来的发小也在醉酒后怪"我"不念旧情不肯施予。凡此种种，皆是改革开放之初商界法律规范与行业道德尚未完善的现实素材，也是时至今日生意场上寻常所见却难与人言的无奈。最后，它还源自作品细节"天然去雕饰"的平实语言，如《绅士》一篇中将戴斯年"白衬衫裹着的大肚子从黑西装中间挺出来，像一只企鹅"的穿着摹写与他大哥戴斯礼"一件毛麻混纺的麻灰色西装，经过拔烫工艺和体型严丝合缝，就像蝉蜕下的壳和蝉那么合身"的时髦打扮加以对照，道出"绅士和男人的区别"。

作者似乎不屑运用过多的叙述技巧，也不讲究情节的起承转合和语言的骈四俪六。他意欲述说的，是那些真实存在于生意场上的快意、胆量和智慧——正如后记中所言："真实才有生命，文学是生活的影子，文学更有透视功能，能照出生活的本质，看到人生的真谛。"

小说《生意场》不仅映照生活，还是一个时代的缩写。《偷渡者》一篇，面对改革开放初期艰难的创业困境，事业遭遇重创的"我"绞尽脑汁寻求商机。与历经"九九八十一难"终于事业有成的"我"相比，其他一道冒险的阿珍、莉莉、蒙娜等小人物命途多舛，甚至阿珍因还不上钱死于非命，这何尝不是那个年代创业者在风雨中摸爬滚打的真实写照？再如《黑白道》中，与犹太人谈生意收不到货款的"我"，走了找美国律师打官司等多种途径，均未解决问题，最终通过香港一家公司追回了货款。这样的经历，也是当时许多跨国企业面临的困境。可以说，这是时代加在这一代人头顶的荆冠。它让年轻创业者们为之迷惘，发出《偷渡者》中的疑问——"等待着我的是什么？"但同时，它也让他们在一次次跌跌撞撞后走得更坚定从容，走出更广阔的人生格局，拥有更深切的人文关怀。就像《绅士》中的"我"面对曾经背叛自己的手下楚子键上门求助，没有幸灾乐祸，也不落井下石，而是选择网开一面施以援手。这大抵是生意场上一直以来最稀罕也最重要的格局。

绾结而言，冯桂林的《生意场》，是他在拥有足够耐心、定力，与从商经历中的沉浮荣辱达成和解后，为当下读者创作的一本底蕴扎实的时代之书。他如竹篾匠般将数十年间的故事当作一根根枝条，编织成人生路上凸起的棱角，由此构成他生命中最吃力，也最坚韧的部分。它们或阴暗潮湿，或温暖明亮，但均逐一晕染成他生命的底色，并被付诸笔端。

2021 年 11 月 27 日

有风自书院起

——读陈东枪枪《欢乐书院》

人们常说,有人的地方就有江湖,有江湖之处必有纷争。任他是和风霁月的缤纷好景,还是荒败老旧的断壁残垣;是侠气凛然的铮铮英雄,还是首鼠两端的奸恶宵小,都免不了在此经历一番刀光剑影、血雨腥风。陈东枪枪笔下的这隅小小书院也不例外。

小说从女主角江湛蓝接手"错金尺"调查母亲下落入手,写她与当朝太子唐葫芦、相府三公子林凤、制药世家千金阮千金、精通毒术的少女谢小玄等一众志同道合的朋友携手攻克层层难关,收获珍贵情谊的故事。

热血少年为家国大义守望相助的故事并不罕见,小说却并未因简单的线性结构和经典的升级打怪模式落入俗套,也不似诸多古风推理小说般技法有余而意蕴不足,而是在作者精心织就的情节中为旧瓶斟上新酒,读来不乏深度。作者让女孩子当捕快的设定令人颇感新奇。本书主角江湛蓝打一出场便自带一种巾帼不让须眉的豪迈气魄,立志加入"鹰猎骑"成为清露国第一神捕。为圆梦,她在姜府地宫手刃蛇妖接下错金尺,得知逍遥书院每年必输后仍坚持参加马球赛,驯服烈马娇娇儿时无数次从马背上跌下又爬起，拿到《错金尺八十八法》后研读秘籍并勤学苦练，为拿芍药扇勇闯八层宝塔登上神水台……所有这些，都勾勒出一个"我命由我不由天"的坚忍女性形象。作者塑造的绝非"高大全"式空洞人物，而是充满反差的矛盾调和体——身负深重杀母之仇却明媚洒脱的江湛蓝，看似柔弱无骨实则手眼通天的林凤，平日老实呆萌却总在关键时刻仗义挺身的唐葫芦，任性刁蛮却深明大义的阮千金，法术高明却偏偏为情所困的绾秋山长，在书院专横霸道却"妹控"的飞鹰队队长季长青，等等，都将两种格格不入的气质奇妙地融于一身，在带来新鲜感的同时也增强了小说的可读性。

同样的反差还体现在对写作节奏的调控上。作者牢牢把握住命案推理与轻松诙谐的互补。查案过程中环环相扣的线索、女主角不查清真相誓不罢休的韧劲与朋友们源源不断提供的帮助使真相渐渐浮出水面，颇有些迷雾追踪的意味。为了让制造的悬念不至于令人困乏，充斥在办案过程中的调笑之笔冲淡了案件本身的紧张感。例如，参加入院考试时无邪与逍遥两所书院老师们的言语机锋，驯服娇娇儿时书院学生开设"赌局"等，都有效调和了疑案可怖压抑的氛围。

在这样张弛有度的节奏下，作者对情节的铺叙架构尤见功力。故事伊始，有关江湛蓝母亲江雁的结局、绾秋与江雁的关系等都暗笔不表，最后勘破谜底时才道明原委。小说在细节上精益求精，任何一处答案揭晓均能在前文找到伏笔——林凤揭穿老者骗局的情节暗示了他临川散人的身份，商弦精通书法的前提为他伪造《赠药奇缘》提供支撑，马球赛上唐葫芦的碎玉佩被商弦捡起，绾秋与商弦和好来得太过容易等伏笔，都与结尾处商弦暴露真面目，以唐葫芦性命要挟众人形成呼应。一条条伏脉千里的草蛇灰线，将情节串联得逻辑严谨，滴水不漏。书中感情线也被安排得循序渐进、自然合理。江湛蓝与林凤，阮千金与唐葫芦，谢小玄与孤狼都围绕着案件主线，在共患难中渐生情愫，读来毫无违和感。

创造性的古代推理寻求的不是新词语新风景，而是从卷帙浩繁的古籍丛林中信手采撷一二，重新构筑想象力的殿堂。命名为"思无邪"与"逍遥游"的书院、宋代史学家郑樵吟诵的《步天歌》、芍药扇上"月移花影动，孤枝斜石西"的题诗，蕴含着极浓厚的古典意蕴。这样的信手拈来作为一种叙事状态，需有水到渠成的文学创作底子。可见作者在一段极为漫长的过程中，积淀了足够多的真挚、虔诚与信念。

小说传递的正能量，是带给读者力量与感动的最终皈依。即便是一部推理与欢乐糅合的小说，也拥有更高层次提升境界的途径。且不论女主角身上无时无刻不在传递的不服输劲儿，书中江湛蓝等人合力击败商弦，匡扶正统的设定，唐葫芦在江湛蓝感染下意识到守护清露国子民的责任，都与读者期待视野中的传统忠孝节义观念达成深度的情感共鸣。江湛蓝将自己转学去无邪的心愿转变为两所书院融合如初，则是将私心上升至大义，小说的立意与格局至此打开。

一方书院，便是一处江湖。故事在江湛蓝又来找林凤查案中戛然收束，令人意犹未尽，不禁期待着接下去，这群兼怀家国大义与金石之心的热血少年又会写下怎样的江湖传说，是会和下一个幕后操纵者短兵相接，还是握手言和？

2021 年 12 月 16 日

硝烟与柔情交织
——读海飞《苏州河》

　　苏州河，西起于上海市区北新泾，东至外白渡桥。在很长一段时间内，这条河见证了上海这座城市的繁华与落寞。在海飞笔下，这条河还目睹了许多隐秘又惊险的故事。它波澜不惊的水面下藏匿着巨大、深邃的历史旋涡——硝烟与柔情在此交织，生死与信仰在此碰撞，最终汇成一道暗流，汩汩涌入黄浦江。长篇小说《苏州河》，讲述的便是新中国成立前夕，中共地下党员与国民党军统特务斗智斗勇的故事。

　　上海警察局刑侦处处长周正龙、神探陈宝山、宝山妻子来喜、宝山徒弟赵炳坤等，沉稳、坚定，在国民党的白色恐怖下屡立奇功；军统方面，新新公司玻璃电台播音员周兰扣、仲泰火柴厂老板娘童小桥、司机老金等人，个个皆非等闲之辈……上海隐蔽战线一时间风起云涌，险象环生。

　　看不见的硝烟中夹杂着的烟火气与人情味，宛如一只只柔软敏感的触角，从波诡云谲的局势中探出，不时拨动心弦。最出彩的当属谍战主线下具有饱满灵魂与丰盈血肉的各色人物——破案能力一流的陈宝山是刚柔并济的真君子，在与国共双方的多次接触中思想发生转变，协助周正龙从警察局档案室取走情报，与炳坤一道帮周正龙炸毁国民党炸药库，从而逐渐走上革命道路；潜伏警局多年的周正龙沉着老到、临危不惧，有试探宝山、炳坤时的小心翼翼，也有慷慨捐躯时的英勇无畏；参与革命多年的赵炳坤心胸开阔、信仰坚定，历经磨难后依然对革命葆有热忱；寡言鲜语的老金看似老实厚道，实则阴险狡诈、心狠手辣，曾犯下多桩命案；妩媚动人的童小桥虽是国民党情报人员，却心存善念，在老金开枪时救下宝山一命……作者通过勾勒复杂多面的人物形象，拓展了人性空间，避免了小说人物脸谱化。尤其书中对宝山与童小桥、周兰扣之间情感纠葛的细腻描写，对宝山、炳坤与来喜复杂关系的逐一交代，都赋予小说真实的生命力与厚重感。

《苏州河》的丰富不仅限于此。作者在创作时延续了其谍战系列小说"于无声处听惊雷"的文风，用不动声色的笔触架构起惊心动魄的情节。在大框架上，小说开篇以张静秋、郑金权和汤团太太三桩谋杀案吊起读者胃口，每次刚刚找出线索，又总有横出的枝节将其打断。作者对悬疑案的缘由刻意按下不表，而是随着故事发展将琐碎如星火般的疑点慢慢串成一条条脉络清晰的线，最终织成一张针脚细密的谍战之网，直到张仁贵暴露后才将原委和盘托出。这一点着重体现在对人物身份的揭示上。作者往往先用冷静客观的笔调书写人物的言行气质，而后借由道具暗露马脚，继而从容揭开神秘面纱。例如，来喜养鸽子的爱好背后，是为我党传递情报消息；周兰扣藏在包里的手枪和老金放在后备厢的黑风衣，都是揭晓人物所属阵营的有力证据。在细节上，海飞采用速写，以戏谑语言白描场景，传神而富有张力。例如，被逼进厕所的唐仲泰，遇到了似加满油的轰炸机般的绿头苍蝇，颇具讽刺意味；将童小桥旗袍上藏匿着毒药的纽扣，比作一颗动人的美人痣，惹人怜惜，也令人心碎。

海飞说，小说是有品相、气息、脉象和长相的。若要论《苏州河》的品相，那必是一番独属于大上海的韵味。不管是宝山在苏州河的最终归宿，还是贯穿小说始末的苏州河意象，又或是人物话语间地道的上海方言和不时响起的歌曲《苏州河边》，都沾染着纯正的沪上风味，让人在阅读时回味再三，不禁遥想那段尘封在苏州河边的传奇往事。

2022 年 1 月 10 日

历史钩沉与人性幽微
——读海飞《昆仑海》

　　作为谍战题材的高产作家，海飞的谍战作品已漫漶为一幅由特定时空和系列人物拼接而成的宏大图景。古谍小说《昆仑海》是继《风尘里》《江南役》之后，海飞"锦衣英雄"系列的第三部力作，它以诗性的历史虚构明朝锦衣卫惊心动魄的特工人生，在纸上升起磅礴烟岚。

　　小说讲述的是少年昆仑接下任务后以身犯险，不仅发现了隐藏在台州府的琉球国特务，还摧毁了设在琉球的军火基地，在危机四伏的江湖中完成台州与琉球两地间的双城谍战。作者将人物命运置身于错综复杂的明朝背景下，使主人公不断面临家国情怀、个人意志和情感纠葛的多重抉择，赋予小说多方博弈、设扣解扣的悬疑性和直击灵魂的厚重感。

　　一部好的谍战小说，必然关乎信仰。当昆仑从皇帝手中接过骏马阿宝的缰绳时，内心种下一颗保家卫国的坚韧种子；在他与倭国奸细灯盏惊险斡旋时，实现了家国意识的进步与觉醒；当他在琉球大战苏我入鹿、在桃渚营识破千户官张望的计谋时，朴素单纯的爱国热忱得到进一步升华……海飞熟稔明代历史的每一道褶皱，借历史缝隙的幽暗处勾起人物成长的脉络主线，并通过人物的成长，书写国家、民族和阶级之间盘根错节的政治斗争与炮火连天的激烈战斗。琉球王向明朝进贡并请求册封的记载、万历皇上朱翊钧用豹房接收政治密情的史实、后记中所记的冲绳岛名字由来，无不体现作者深厚的史学积淀和人文底蕴。历史洪流的时代命题，推动着主人公为家国身涉险境，因信仰勇履薄冰。

如果说壮阔诡谲的历史和惊心动魄的谍战是小说的骨架，朴素绵密的生活质感则是小说的血肉。海飞深谙引人入胜之道，通过对个体生命的细致摹写解构历史语境下的"宏大叙事"，将传奇故事与现实人生拼贴得严丝合缝。在他笔下，昆仑的英雄事迹被复现为一位在孤儿院长大的少年的心路历程和情感世界，流露出对人性的尊重和对生命的敬意。如昆仑在天妃宫前受领功勋牌时，垂头承认自己是囚犯骆问里的儿子；再如他即使违抗军令，也要救心爱的姑娘丁山和朋友苏我明灯。还有老谋深算、阴险残暴的"大反派"苏我入鹿，却对孩子苏我明灯拥有偏执的父爱……剪不断、理还乱的人物关系牵起了包括亲情、友情、爱情、战友情等不同层面的感情。

书中的小人物也被塑造得鲜活生动。名叫拿酒来的伙计有一双歪斜的眼睛，"一年四季都很倔强，始终朝着地板的方向歪斜"；阴阳师楼半步在解手时多次掐手指，"最终确定这个时辰是吉时，诸事皆宜，包括撒尿"；张望喝水时喉管中咕咚咕咚的声响，"很像一口正在漏水的井"……谐谑又不失细腻的语言风格下，琐碎的生活细节如潮水般扑面而来。毫无疑问，这种生活化的谍战叙事源于作者对日常经验广泛而深切的体察，它不仅补足了我们日常观察的缺失，也从某种意义上重新唤回我们对生活本身的敏感与热情。

饶有趣味的是，这些形形色色的人物被海飞放置在自身"谍战世界"的地理谱系之上，演绎他们的人生。台州、桃渚营、琉球……作者熟悉每一座城市的气息，并将它们具象准确地勾勒。于是乎，街头巷尾、节气习俗、文化底蕴等纷纷跃然纸上，为小说的每一章节烙上浓厚的城市风味。在台州，有春分日海边渔民热闹纷呈的花龙滚舞和戏台上上演的《花关索》剧目；在桃渚营，有官兵们春耕时抛秧、插秧的场景；在琉球国，有当地人赤膊上阵的太鼓表演。坚实有力的城市书写，让人物活动的历史场所与现实时空相互映照，在虚实相生中呈现广阔辽远的精神气象。

评论家李敬泽曾评价："海飞的谍战系列，写的是命悬一线的乱世，孤绝幽暗的人性。"所谓命悬一线的乱世，是以历史钩沉写家国情怀，让高蹈的理想与忠贞的信仰贯穿小说始末；孤绝幽暗的人性，则赋予小说更深层次的人文意蕴与时代价值。在忠诚与背叛、理想与现实的交织中，小说《昆仑海》堪称一曲满溢深情的古代谍战之歌。

2022 年 9 月 9 日

在时间的河上书写希望

——读张翎《如此曙蓝》

张翎是旅居加拿大的华裔女作家，她对异乡客的生存状态及精神焦虑多有关注。中篇小说精选集《如此曙蓝》正是在这一语境下诞生的。这部由《如此曙蓝》《何处藏诗》《恋曲三重奏》三部小说组成的集子，呈现了三个看似迥异却有着相似内核的婚恋故事。张翎从自我生命体验出发，叙写残缺的婚恋、失落的亲情和漂泊的成长经历等人类生存困境，并借此构建起充满力量的精神家园。

《如此曙蓝》讲述的是发生在两个年代两个族裔中的婚变。加拿大老富豪的妻子史密逊太太资助丈夫创业却遭背叛，于是用贱卖旧爱心头之物的方式"复仇"，中国新富豪的妻子曙蓝平静地接受丈夫的情感变迁，带着女儿小书低调开启独立的异国生活，却收到丈夫在狱中自杀的消息。这两位小说的核心人物通过一则出售宝马豪车的广告和一场降临在多伦多夜晚的大雷雨产生交集，上演一系列冲突与和解，实现彼此的救赎与成长，并被添上一个似真亦幻的结局——曙蓝从史密逊先生现任妻子口中得知，两个月前与她来往的史密逊太太已于四年前亡故。小说还有两处场景将故事置于虚实之间。一处是曙蓝带小书离开史密逊太太的豪宅时，身后笼罩的雾气掩住了豪宅，虚幻缥缈；另一处是梦中惊醒的小书看见已在中国监狱自杀的爸爸出现在自己房间。这些作者巧妙营构的意象与梦境，引领读者在起承转合的生动气韵间追寻女主人公曲折的心路历程；这些精心雕琢的人物，用自身经历书写精神世界的一场场困顿挣扎和情感突围。

史密逊太太是否活着？曙蓝一家是否还在人世？答案不得而知。张翎并未回答"是"或"否"，而是用"或许"一词给人无限遐想。她用不急不躁、舒徐缓致的笔调和活泼灵动、锤炼成金的词语对书中人物命运予以最大程度的窥察和揭示，正如她在自序中解释的："在抽去了逻辑的梦境里，我们能看见一些醒着时看不见的东西，穿越某些清醒时固若金汤的界限，比如生和死、想象和现实。"

除梦境之外，同样被张翎用来洞察人物心理的还有丰富的诗境与画境。在《何处藏诗》中，作者借助"诗歌"这一极富隐喻的意象作为人物情感的桥梁与纽带。小说从何跃进与梅龄办理探亲签证的场景开启倒叙，牵连出多段情感故事，俨然一幅跨越时代和地域的"浮世绘"。在《恋曲三重奏》中，租客章亚龙写有"琼美印象"炭笔字的油画"带上了一层朦胧的忧郁，甚至连阳光也仿佛隔了一层薄薄的雾气"。这些构思与描述用诗性语言消解了女性小说中常有的愤懑与控诉，而代之以从容祥和的叙事氛围。张翎笔下的人物，也带着张氏特有的细腻与悲悯，在绝境中平和坚定地行走，予人希望、温暖的能量。

张翎的小说是现实主义的，也是充满韧性和光明的。于是，过世四年的史密逊太太突然出现在有相似境遇的曙蓝的生活里，予她帮助，予她启迪；背负了半辈子沉重精神枷锁的何跃进决定与备受生活折磨的梅龄相互依偎，共同孕育新生命，迎接光明的未来；历经三段破碎情感的王晓楠在读完两封信后决意以最快速度找回章亚龙……作者为每一段残缺的婚恋安上温情的结局，让人在苦难与困境下仍满怀希望地隐忍前行，如骆玉明教授评价的那样："张翎用精致的语言讲灵幻的故事。因为，虽然有风雨有黑夜，有背叛有困窘，人们仍然会在阳光里看着孩子吹飞蒲公英。她把美丽的波光写在时间的河上。"

2022 年 10 月 30 日

人性探寻与诗性回归

——读海飞《台风》

在作家海飞的书架上，有一本来其撰写的《舟山有意思》，记载着舟山独特的社会风貌、城市品相与人文历史。海飞的新作《台风》，正是在熟读此书的基础上，以台风"灿鸿"为背景，将舟山作为案件的发生地，虚构了在台风封闭岌岌岛的时间里，社区民警华良侦破三起横跨十五年的命案的故事。

与海飞以往的创作一样，《台风》中的人物甫一亮相，便给人一种朦胧的疏离感，这源于作者的有意设置和周密部署。随着情节渐次展开，人物身份逐渐明朗——被芦生接去 13 间房民宿的杜小绒是四海为家的骗子任素娥，住在 B7 号房间的谷来才是杜小绒本人；杜小绒其实并非杜国平亲生，而是他谋杀周氏夫妇后抚养长大的孩子；植物人袁相遇早已苏醒，无声观察着 13 间房民宿发生的一切。作者对身份的揭晓并不突兀，小说中隐藏的信息如草蛇灰线伏脉千里。比如，得知父亲死讯的冒牌杜小绒并不悲伤，在芦生的桑塔纳车上"发出噢噢的欢呼"，再如任素娥在楼梯口遇到一个女人时"很深地朝她看了一眼"，正是上楼的谷来认出了她；还有谷来在过客酒吧笑着说"我没啥好警惕的"，与后文她无所畏惧的复仇决心相暗合……人物的言行性格、命运演进被严丝合缝地收纳在作者精心编排的逻辑线索里，扎实、细密，且不着痕迹。

将千丝万缕的人物关系写进倒错的时空与转圜的情节里，不仅需要纯熟的创作技法，还需有坚实的物质外壳。任素娥启程的定海三江码头、被命名为"13间房民宿"的命案发生地、华良离婚后居住的钞关弄，都夹带着舟山这座临海小城特有的肌理、味道与气质。当然，这抹味道还弥漫在作者对我们习焉不察的生活细节的捕捉中。例如任素娥脚上那双象征自由的哈瓦那人字拖，过客酒吧放的英文歌《美丽的小岛》，以及华良抽的利群牌香烟。这些具象而准确的日用物什源自作者对世情生活的细致观察。它们像一块块带着海腥味的礁石，建构起海飞对岛上故事真实有力的书写，赋予小说潮湿迷人的品相。

《台风》采撷的物象并不完全取自庸常生活，文中提到的多部文学作品为故事笼罩上一层浓郁的诗意。露丝熟悉三毛与荷西的爱情故事，于是来到三毛的故乡舟山，在岌岌岛上定居；华良爱读《天龙八部》，却被妻子潘小桃说"没有理想"；行骗多年的任素娥也曾被男人骗去缅甸，于是她在《从你的全世界路过》中寻找爱情。书中着墨最多的是日本作家川端康成的《雪国》。"穿过县界长长的隧道，便是雪国。夜空下一片白茫茫。火车在信号所前停了下来"，笔者以为，这段被反复提及的文字，不仅是作者对川端康成深情遥远的致意，还意图用诗性语言消解人物面对现实苦难时的悲伤与沉痛。小说中，四处漂泊，有无数个故乡，唯一的理想是"活下去"的任素娥；身世坎坷，在异乡被骗，多年后又独自背负复仇重担的杜小绒；仕途失意，婚姻不顺的警官华良；失去情人的中年男人郝建功；因一时虚荣，良心遭受谴责的退伍军人胡友权；在虚与委蛇的娱乐圈混迹的剧作家周亮工……这些在狭窄逼仄的命运上艰难行走的人生，易使叙事走向压抑和沉重，而《雪国》的屡次出现，在某种程度上唤醒了读者的美好情感与人性渴望，使小说最终抵达思想、情感层面的精神维度，如海飞所说："当所有意义消解之时，还有美和文学来重塑价值，救赎一切。"

卡尔维诺在《未来千年文学备忘录》中阐述了文学"轻与重"的问题，将"轻"作为一种新的文学力量加以确立。在某种程度上，《台风》的创作便是以轻呈重的一大范本。书中波澜不惊的人物关系下掩藏着厚重的案件真相，而沉甸甸的真相，又在作者漫不经心的笔触与诗性书写中变得轻盈明快，呈现出舒缓有致的基调与宏阔辽远的精神气象。可以说，它既是一种对人性的坚实书写，也意味着小说诗性的回归。

2022 年 11 月 2 日

无声的信仰

——读海飞《向延安》

读海飞的长篇小说《向延安》，笔者情不自禁想起杨沫的《青春之歌》。书中的主人公向金喜正如《青春之歌》中执着革命的林道静一样，走在不断与"旧我"决裂的路上。不同的是，金喜的革命信仰自始至终是无声的，他最用力的表白，不过是一句不被听见的喃喃自语——"总有一天我是要去延安的!"

《向延安》是一部红色题材的革命史。它以 20 世纪三四十年代的旧上海为背景，讲述了淞沪战争后，出生于钟鸣鼎食之家的向家三少爷金喜逐渐实现思想觉醒与转变，成长为一名革命者的故事。

小说以向金喜为中心，分别铺开向氏家族谍战单元与华光无线电学校学生的浪漫革命单元这两条叙事路径。家族单元中，向家四姐弟与姐夫国良、表亲武三春和袁春梅覆盖无产阶级革命者、军统、汪伪特工等多种身份，演绎了有关家国信仰与情感纠葛的倾轧与抉择；学生单元中，罗家英、程浩男、邬小漫、李大胆等华光无线电学校的同学在战争劫难下走出截然不同的个体生命轨迹。海飞将错综复杂的人物关系织成一张牵绊住亲情、友情、爱情、同志情、战友情等不同类型情感的细密之网，既勾连了人物间千丝万缕的关系，也网住了历史洪流与时代变幻下的个人命运。

位于网络中心的向金喜，在外人眼中是流连厨房烟火气，临阵退却的逃兵。事实上，他在党组织安排下以厨师身份潜入敌人内部，成功摧毁日据时代的特务机关秋田公司，后又前往国民政府淞沪警备司令部送出大量情报，悄无声息做了一系列比去延安更有意义的事。

金喜的成长并非一日之功，作者对他的书写立体饱满。随着父亲向伯贤被流弹击中意外身亡，金喜从一位不谙政事的"痞少"转变为在教堂熬粥救活难民的有志青年；随着他亲眼见证同学们奋起抗争，二哥金水沦为汪伪政府刽子手，他从为追随心上人想去延安的懵懂阶段过渡到为革命事业忍耐寂寞、孤独奋战的革命阶段。小说最后，金喜仍未能去到延安，于是改名"向延安"聊以慰藉。在某种程度上，改名不仅是符号的变化，更象征一种永不褪色的信念和向往。作者让他用无法公开的身份行走在历史幽暗地带，让他失去尊严、情谊与至亲，用行动坚定地诉说"向延安"的深刻内涵。

书中，作者对主人公向金喜的刻画展现出超凡的叙事耐心与精准的叙事能力。金喜的孤独、隐忍与坚毅，无不隐匿于淡漠忧郁的人格气质之下，经小说俏皮、谐谑的笔触略加渲染，呈现出波澜不惊却撼动人心的力量。正如书中和金喜分属两条线的中共地下党负责人海叔所言："他在装傻。他没有去延安也是在装傻。他是一个适合装傻的人。"短短数语，蕴含了前辈对后进欣赏、关心、包容、期望等诸多情感，也肯定了金喜为革命牺牲一切的艰苦付出。

《向延安》是一部记录战争年代社会日常境况的生活史。小说中，宏大的历史叙事由平凡琐碎的世俗细节建构而成。革命者们化身厨师和裁缝，穿梭在街头巷尾；长筒望远镜、《良友》杂志、莱卡照相机等物什与苏州河、福开森路、旗袍行、本草堂大药房等掺杂着浓郁旧上海味的地名贯穿小说始末；立志投身革命的同学中，上演着纯粹美好的恋情。在日常经验的叙写中，富有生活气息的物件与人物情感被反复提及，极力张扬了那个年代社会青年朴素明亮的心志与情愫。

海飞还擅用精妙的比喻与通感手法，让文字活泛而具有画面感。例如他将往日繁华的上海比作"一件千疮百孔的绸衫"，将站在屋顶的向伯贤比作一页纸、一只风筝，将屋顶上镀着的一道夕阳形容为"湿答答"的……凡此种种，恰切而动人，使小说语言呈现出细腻而富有光泽的金属质感。

对《向延安》这部作品，海飞称："她是一种肝肠寸断，是一种悲秋苦冬，更重要的她还是一缕光。"其实，小说中向金喜无声的革命信仰何尝不是如此?! 它与作品本身一道，将在读者眼中走过很长的路，"长到天际里，长到云层里"。

2022 年 11 月 14 日

江南最忆是杭州
岁月风流今尚存
「还原」纳博科夫
锦绣凉山是大书
一处庭院一处诗
重拾隐去的风景
溪山好作画图看
一脉深情叩山乡
自然根脉启哲思

第二卷

故土回望

Chapter
壹见 02

江南最忆是杭州

——读徐迅雷《杭城群星闪耀时》

古语有言：上有天堂，下有苏杭。我翻开这本记载着杭城风貌的书，厚重的历史文化并着新注入的城市活力，化成一股股清泉，在纸页间流淌。

翻开书页，首先映入眼帘的是一处处杭州的剪影，于清新处见韵致，于典雅中见生机。无论是夜幕低垂时亭亭而立的保俶塔、夕阳西下时默然矗立的雷峰塔，抑或是天寒地冻中傲然挺立的一抹疏梅、金秋时节色彩浓郁的西溪湿地，又或是金碧楼台的城西银泰、车水马龙的跨海大桥……都为这座城市添上独一无二的一笔。杭州这座城市在四时不同的风光中，在自然与人文的交会中，淡妆浓抹总相宜。

打开目录便可知，作者徐迅雷从史迹、新篇、民生、活力、善美、峰会这六个角度写自己眼中的杭州。"文章合为时而著"，《杭城群星闪耀时》一书通过串联由古及今杭州的发展脉络，尤其是在新时代下注入的一股创新的活力，来响应 G20 峰会（二十国集团领导人峰会）的时代号召，为世界各地的人们走进杭州、了解杭州提供了独特的视角。

当阅读《史迹第一》时，历史的洪流从遥远的年代倾泻而下，浸染上厚重的色彩。从先辈钱镠开创吴越国，立杭州为首府，到十四年抗战的浩气壮湖山；从徐骏先生写下的关于88师的抗战之书，到中篇小说《潜伏》；从"跨湖桥文化"和"良渚文化"的发掘，到西湖和钱塘江的水乡之美——杭州这座几千年的历史文化老城，饱受了一次又一次战争烽火的洗礼，历经了不同时代风格的历史文化淘洗，在岁月的磨砺下愈发坚韧、顽强，并且历久弥新，散发出独特韵致。

　　丰沛的历史内涵和星汉灿烂的文化名人固然赋予杭州深厚的文化底蕴，新的时代为其注入的活力却使这座城市更耀眼。现下的杭州，正找准自己的历史定位，在深化改革中找到突破口，努力创设有活力、创造力的国际化城市。许多战略性决策的实施均为杭州的发展制订了崭新规划。这要求我们在城市的现代化过程中，不断开启杭州人民的智慧，把握机遇以引领创新未来，"干在实处"，追求更大作为的新境界。在重视此类工程建设的同时，领导者的权力也在不断地得到规范，基层治理体系得到相应完善。例如对优秀县委书记的期待、革命实干家的培养以及饭局"三问"和宴席"三不"，都时时刻刻提醒党员干部严于律己，实行廉政。毕竟权力的使用，是为了更好地为群众谋福祉。

　　进行作风建设时，倾听民声、尊重民意也十分重要。在改善民生方面，杭州也有自己的风采：一流的城市下水道和地下管廊使城市雨洪得到疏导和利用，交通枢纽的"无缝衔接"使"天涯若比邻"不再是梦想，对食品安全问题的监管和查处保

障了民众"舌尖上的安全",骑往春天的杭州"小红"则反映
了公共自行车系统的健全,成为城区一道亮丽的风景线……许
许多多新政策、新措施,无不遵循为生民立命的原则,志在为
百姓提供更优质的生活环境,谋求更高的幸福指数。其中,书
里还就近几年来的新安全问题提出了解决对策,如:热射病的
预防需要未雨绸缪,台风肆虐之际如何防台抗灾,在应试教育
环境下学生的体质健康怎样得到保障……以上种种,都强调了
安全乃民生大事,在注重城市发展的同时仍要遵循"生命至
上,安全至上"的前提,追求平衡发展。此外,《"最"字其实
是他的手艺追求》一文还通过讲述方林富炒货店坎坷的经历、
命运,传达了杭州在商品经营过程中对商业广告活动的规范,
体现了法治社会的"执法到位"。

杭州是一座朝气蓬勃的城市。在纵向的传承上,它保存了大
量的遗迹遗存,彰显出典雅的古韵;在横向的交流上,它致力于
两岸文化的交融、国际人才的引进,在留存历史底蕴的同时亦不
乏新的生气。不断地交流学习和吐故纳新,才有了支付宝的普
及、文创产业的升级、特色小镇的发展等一系列成就,杭州这座
古城也因此有了新生和活力,在历史长河中熠熠生辉。

在《善美第五》中,阳光助学、慈善公益、大病医保、免费
午餐等公益事业诉说着杭州人之间相互扶持、与人为善、传递温
暖的点滴,同时也更详尽地展现了杭州在五光十色的外表下,静
静流淌着一抹人性的温情。

江南忆,最忆是杭州。我想,徐迅雷写下这些文字时,心头
一定洋溢着身为杭州人的自豪感。在 G20 峰会到来之际,"人间

天堂"杭州正以历史和现实交汇的独特面貌迎接国外友人。杭州人民秉持着人性的真善美，并不断把握机遇、迎接挑战，敞开胸怀接纳世界，开启 G20 带来的"黄金时代"！

2016 年 8 月 30 日

岁月风流今尚存

——读李欧梵《我的哈佛岁月》

雨夜，的士飞驰，窗景倏忽，路两旁的灯光倒映在柏油马路上一个个静谧的小水潭里，成为一方寂寞的风景。此时，我回忆起李欧梵的《我的哈佛岁月》，想象作者留学生涯的一幕幕，心底渐生一抹温暖与感动。

此书正文前摄有作者留学生涯的一张张留影。和韩南教授在哈佛园，同夫人李玉莹参加毕业礼，独自坐在办公桌前……无论在哪儿，李欧梵教授眼底都带着浅浅的笑容，呈现出一派沉稳儒雅的学者气质。

粗粗把书浏览一遍，便知本书主要从求学和教学两段经历追忆哈佛岁月。留学风气渐盛的当下，李欧梵用诙谐风趣之笔向我们展现了一个看似和哈佛大学格格不入，却积极利用各种校内资源的"自由灵魂"。对今日众多海外学子而言，这位四十年前老哈佛人的求学经历，较当下泛滥的留学"秘籍"更值得借鉴。

哈佛的岁月是平淡且充实的。在李欧梵的笔下，那个被称作"世界顶级学府"的地方，经"祛魅"后不再遥不可及，而是有了情调，有了滋味。这段求学经历一波三折。从最初广投申请时的毫无头绪，到在芝加哥积累些许求学经验，再到最终抵达哈佛安定下来，李欧梵的内心经历过多次迷惘和彷徨，他曾向自己发问："我来美国干什么？为什么要学这些知识？"曾经，哈佛校园里一位素未谋面的老教授的当头棒喝，让他突然觉醒，决心改造自我，"抬起头来，好好做一个知识分子"。为了不错过课堂上大师们讲的每一个字，他不仅听课从不缺席，甚至旁听了许多门其他的课，每天不辞劳累在不同的教室间穿梭。在前辈的感召下，在日复一日的艰苦岁月里，李欧梵逐渐适应了那里的一切，并对哈佛积淀下很深的情感。他娓娓道来的，是留学生们耳熟能详的经历，也是他们生命里抹不去的回忆。

第二部分《在哈佛教学的日子》，记录了作者在六所大学进行十年的教学、到哈佛做访问教授、教《中国现代文学》课程等事迹，以及对语言与考试、论文与游学的看法等。此外，作者还在附录里表达了对两位教授的怀念。附录二中李欧梵教授的学生和妻子对他美国生活的记录，也可让我们从不同视角了解这位知名学者的留学生活。

这些经历和体验充满了生命力，鲜活而明媚，记述了李欧梵教授那一代人不断尝试新环境、新习惯，从学术到日常全方位融入异国生活的经历。譬如，李欧梵努力克服自身腼腆的性格，从他和美国人同住，在宿舍说英语、看电视，壮着胆子参加社交舞会等经历中可见他改造自我的决心和毅力。他和一位位陌生女郎共舞后，还不忘索要联系方式，接二连三地主动联系，直到第三次仍被拒绝，方肯善罢甘休。

王思任先生曾说："一代之言，皆一代之精神所出，其精神不专，则言不传。"作为20世纪60年代留学哈佛的中国学生，李欧梵在书中展示了一代人的精神履历。他用一种看似离经叛道的方式写下《我的哈佛岁月》。尽管其中记录的是个人经历，但从本质上说，也是一代留学生的心路历程，是一个群体难以忘怀的风流岁月。

2016 年 11 月 15 日

"还原" 纳博科夫

——读《纳博科夫在美国》

　　提起蜚声中外的长篇小说《洛丽塔》，广大读者一定并不陌生。随着《洛丽塔》一书广受关注并享誉世界，作者弗拉基米尔·纳博科夫的个人生活也逐渐成为大家关注的焦点。他本人撰写的回忆录《说吧，记忆》与布莱恩·博伊德的两部评传《纳博科夫：俄语时期》《纳博科夫：美国岁月》相继付梓，成为研究纳博科夫的"百科全书"。在此基础上，美国传记文学家罗伯特·罗珀又写了这本纳博科夫在美国生活的传记——《纳博科夫在美国——通往〈洛丽塔〉之路》。

　　与之前的传记不同的是，罗珀作为一个美国本土作家具有与生俱来的"本土视角"，这成为他将美国时代的纳博科夫进行全新解读与阐释的最佳门径，用他自己的话说，即"从研究专家那里拉出来，此乃本书之初衷"。通过这部作品，他想将众多读者从对《洛丽塔》的创造者已然形成的刻板与标准化印象中解救出来，将这位众人印象中拒人于千里之外、孤芳自赏的纳博科夫"还原"成真真切切、有血有肉的普通艺术家。

　　当然，要实现这样的"还原"并不容易，试图强行翻越书写

纳博科夫传记的前辈的山脊，在别人开辟的道路上再走一遍注定
会徒劳无功，只有独辟蹊径方能产生柳暗花明之奇效。为此，罗
珀选择全程追踪纳博科夫令人瞠目结舌的美国化蜕变：他流亡美
国后究竟是如何敞开自己接受美国的本土影响，如何做到对美国
传统文学融会贯通，又如何将之与现代主义文学创作水乳交融……
在本书中，作者对纳博科夫认识美国文学的经过有许多详细生动
的描述。比如第七章中，他提到纳博科夫对海明威的作品并不十
分看得上眼，对福克纳也有过类似的惊世骇俗的评说。为印证这
一说法，作者还摘录了纳博科夫本人在六十多岁时所做的一次访
谈："我四十几岁的时候，第一次读到海明威的作品，全是些什
么丧钟啦，卵蛋啦，斗牛啦之类的东西，我很不喜欢。后来，我
读了他很不错的作品《杀人者》，还有那一部写神奇大鱼的小说，
觉得这作品也还非常了不起。"此外，作者还通过考证，从纳博
科夫在犹他州写的信件中得知他密切关注着美国文学发展的动
态，并称要将具有美国气质的作家们的作品进行广泛而持续的阅
读。罗珀还对纳博科夫关于小说《洛丽塔》中的重要元素——
"性"的认识进行了深入研究。比如，纳博科夫对弗洛伊德反感
至极；比如他小说中最露骨的段落并不是对性行为本身的描写，
而是对激发欲望的对象的详尽描述；又比如写对女童的迷恋对纳
博科夫而言极具挑战性，甚至让其行文条理变得紊乱……这些，
都是作者通过大量文献资料的考证与实地探访纳博科夫的足迹所
得出的结论，笔下文字有理有据，引人入胜。对纳博科夫与美国
文化以及美国作家之间的内在关联进行全方位多视角的钩玄索
隐，成为本书区别于其他纳博科夫传记的标志性符码。

　　在书里，我们得以见证纳博科夫开着二手汽车，遍访美国的

崇山峻岭，在荒野中自由地追逐蝴蝶，发表研究论文；见证他遇到文学生涯中永生难忘的贵人，以及势同水火的仇人；见证他在美国发表大量文学讲稿，为尼古拉·果戈理写传记，将俄国经典《叶甫盖尼·奥涅金》译成英文并发表；见证他写出了将自己推上神坛的《洛丽塔》，并孕育杰作《微暗的火》和《阿达》……可以说，书中所记录的纳博科夫在美国度过的二十年是其创作力最旺盛的时期，它塑造了纳博科夫的后半生，也造就了如今被世界所熟知的纳博科夫。

罗伯特·罗珀从纳博科夫住过的汽车旅馆，写作的工作间以及讲课的教室寻访其旅行、捕蝶、教学、写作、交往的历史痕迹。他怀着朝圣的心情与细腻的目光，跟随纳博科夫当年的脚步，终于写成这部兼具史料性、文学性与学术性的传记作品，将《洛丽塔》的创作者详尽地"还原"给读者，并揭示了美国对于纳博科夫的真正意义。

2018 年 8 月 6 日

锦绣凉山是大书
——读何万敏《住在凉山上》

身为旅行爱好者，我常常流连于霓虹缤纷的现代化都市，踯躅在人头攒动的历史古都，或逗留博物馆聆听远古的呼吸，然而，从未像现在这般贴近一片土地的肌肤，感受它脉搏的跃动。何万敏的文章笔驱造化，细意熨帖。在他笔下，凉山不是一座简单的山，而是一座又一座有温度有生命的山脉。大地的精神景况、地理特征、山河气质、人文内涵……均在他的行程中跃然纸上。

全书由一篇篇通过行走凉山大地来考索人文地理的文章构成，形成一个有机的系统。其中每一个单篇都是一幅精彩纷呈的画卷，当它们奇迹般聚拢时，却自有其内在联系的钩链，形成一部令人叹为观止的鸿篇巨制。何万敏对凉山的探索，可谓"大者含元气，细者入无间"。它既有大线条的描绘，写河道冰川、民俗社会，写大地与生存、大地与人文，包含天地之元气；又有小细节的勾勒，通过对极微小事物的生命多元化呈现使读者耳目一新。

诚然，这一点线面立体深入的察访是颇下功夫的。何万敏不仅以人类活动的历史来衡量地理风貌，更以自然地理在时间长河中形成的本身历史来倾诉。许多僻处一隅的史料蒙尘已久，却经由他刮垢拂尘、呵护和阐释，重新绽放出夺目光彩。如在《古城：历史的散笺》一篇中，作者为考察"海棠"这一进入凉山的第一重镇，翻阅史书考其源流，溯其根本。通过他的探访，一些年代久远的碑刻、青花瓷器、古钱币等文物古迹重新出现在世人视线，被赋予新的意义。再如在《会理古城的舒缓时光》一篇中，作者先叙述会理县城从西汉至清代的发展历程，证实了会理"国家历史文化名城"的美誉。接着，又从古代城市划分的角度分析出此地清晰的内外城功能区分和严谨有序的布局。此外，还对古城的核心"钟鼓楼"与富有人文气息的科甲巷进行实地探访，其中穿插的摄影图片也使得叙述图文并茂。

这种多切面、多角度寻找史地人文谱系的察访，如同纵横阡陌，脉络分明。何万敏以关键时间为桩点，其他时间节点为辅助，人与事互为经纬，把头绪纷繁的当代史叙述得波澜起伏，跌宕澎湃。其间，西式的实证方法与中国传统固有的乾嘉考据方法相互渗透，交叉互补之后创辟出全新的构撰。例如在《螺髻山：冷峻而华美的姿颜》一文中，何万敏在朋友的陪同下曾多次于不同季节进入螺髻山腹地。他在向导的带领下走过冰川，跨过峡谷，用脚丈量土地的宽度，用耳倾听凉山的呼吸，感受鬼斧神工的大自然所具有的迷人魅力。这种乾嘉朴学以来的征实之学，实其事而求是，在形式逻辑的基础上进行具有科学意义的辩证思维。在实地考证的同时，作者还罗列一系列证据诠释螺髻山的形成：从距今约九亿年的早震旦世的地壳隆升，到距今四五亿年晚奥陶世的陆地面积扩大，再到第三纪至第四纪初喜马拉雅褶皱造山运动的影响……每一条罗列都经由确凿的考证,有条不紊,有理有据。作者行文运笔间头脑之明睿,让他对史料有强劲的驾驭能力。在语言表达上,他能够得心应手地运用自己掌握的信息,运笔铺陈忧患意识。广漠崇山中的民生民俗、自然生命、生活精神都富有别样的生命力,达到了一定深度。

当然,详实有据的考证和意味深长的探察并不意味着文章晦涩难懂。相反,作者的叙述语言质朴无华、平易近人。如《在水一方》写泸沽湖,从摩梭文化着眼,从外来游客的眼光切入,委婉曲折而又景象清晰。作者将泸沽湖优美的自然风光,以一种社会形态的生活方式娓娓道来,深切入骨。他讨论早已成为热门话题的"走婚"这一习俗,讨论现下对摩梭文化的误读,将学术融汇成家常,在平常化的语言中写山中水、山中人,愈见深刻。

伍立杨称此书"以学术的方式进入,以文学的方式结裹;以美学的眼光审视,以诗性的情怀思索;因蕴积而益厚,因锻炼而益精"。的确,何万敏的创作天赋和观察心得在他笔端如涓涓细流般流淌,汇集成川,浩浩汤汤,横无际涯。这本写凉山的历史地理大书,为我们走进凉山、阅读凉山提供了丰富的精神养料。也正因此,锦绣凉山所以锦绣的意义愈加凸显。

2018 年 10 月 15 日

一处庭院一处诗

——读李郁葱《盛夏的低语》

　　自古以来，杭城以其温婉动人的独特气质与人文荟萃的历史风貌频频现于文人骚客笔端，令无数身处其中者流连忘返，亦令诸多未曾涉足者心生向往。李郁葱的这本散文集，是一部以杭州为底色的个人生活回忆录。作者在时间长河里捕捉稍纵即逝的浮光掠影，并将它们拼凑成一座完整的建筑，以承载青葱岁月中琐碎又温暖的幕幕瞬间。

　　谈起写作的初衷，作者在后记里写道："我建造一座我自己的纸上庭院，它属于我个人的记忆和寻找，充满着我个人印记的气息。"这座具有个人专属味道的纸上庭院，究竟有何曼妙景致？

　　庭院之景致，在于对江南气候风物的记录与感悟。在《雪：零度以下的声音》中，作者将雪视为给杭州城区的礼物。他从一场突如其来的雪写起，写雪的形态、雪的声音，写雪与城市邂逅的刹那……李郁葱是诗人，从诗到散文天地，笔致虽经稀释消融，但诗歌的灵动与意蕴依旧包含在散文的字里行间，因此他在赏雪时情不自禁闪现出"独钓寒江雪"这一中国文化中的隐逸符号。不过，作者笔下的诗意并非高不可攀的空中楼阁，而是源自扎扎实实的生活土壤，是一种"落地"的文学。在《梯斜晚树收红柿》中，有白居易"红袖织绫夸柿蒂，青旗沽酒趁梨花"的闲情逸致，也有介绍炕柿与水柿不同吃法的意趣横生，还有关于技艺传承者邵华勇制作柿子的工序记载。这些文字在生活中寻找诗意，使自然之物沾染诗性色彩，具有个性化的纹理与气息。

庭院之景致，美在对人文景观的审视与思索。一代有一代之胜，一地亦有一地之胜。郁达夫的"风雨茅庐"、马一浮住的兰陔别墅、俞樾栖身的俞楼……因熏染了些许居住者的气息而愈显风致。位于孤山不远处的俞楼疏淡而蓊郁，作者这样描述他对俞楼的感觉："它不惊艳，或许有些平实，但它是婆娑的，有那种灵魂自在的摇曳和开放。"对于郁达夫，作者则专用一篇笔墨记录其往事。在他笔下，郁达夫一生迷恋美食与美酒，乘着火车四处出游，与王映霞浓情蜜意最后却劳燕分飞……直应了那句"真名士，自风流"！

庭院之景致，还美在情感的契合与灵魂的治愈。在《时间尽头的余温》中，作者以温情之笔写母亲的离世。母亲只是一位"多少还识字的妇人"，有着常人皆有的虚荣和缺点，却是作者唯一的、生命的源头。她走之后，作者内心的空虚代替了悲哀和忧伤，形成一种空缺。由此，他开始思索生与死的距离，思考生命的意义。他说："在我们正常的人生里，生老病死是一个无法回避的话题，它和地心引力一样固执，最后，它有孤寂的影子布满我们的呼吸：它存在着，像令人倦怠的事物等待着发掘，它不多，也不少，从来不会被轻易挪动，它有自己的脾气。"的确，这是生而为人无法规避的悲伤，但李郁葱依旧热爱生活，热爱这片土地。这在他已告付梓的诗集《沙与树》中可见一斑。无论在丰饶富丽的鱼米之乡，还是处处荒漠的甘肃民勤县，作者对人生始终充满希冀。即使人生的喜怒哀乐在时间尽头一一化作虚无，爱与温暖却依旧延续。

一处庭院一处诗，一部人生一部书。李郁葱以云淡风轻的笔调，从容淡定又诗意盎然地诠释过往点滴。盛夏将至，阳光从云层间隙悄悄洒落，笼罩着杭城每一处偏僻的窄巷，照亮了这座城市历史中的每一处褶皱，一如作者笔下温暖舒心的文字。过往的人和事那么远，又那么近，好似黑白相间的无声老电影，用真实的诉说滋润读者内心。我们无法重现过往，无法和曾经的人对话，但记忆并未远去，往事也并不如烟，正如这本温暖的《盛夏的低语》。

2019 年 5 月 31 日

重拾隐去的风景

——读吴文君《时间中的铁如意》

海宁，自古便有海纳百川的独特气质与宁静致远的历史底蕴。吴文君在小书《时间中的铁如意》中呈现的海宁，是她跃出地域层面的界限和视点，重拾身边的建筑、草木与人物，将每一个体承载的记忆与情感诉诸笔端，唤醒隐匿在时间里的风景。

本书由十二篇散文组成，书中，作者从现存山水古迹中选取东西两山、硖石老街、尖山海塘等景物，将个人生命体验贯穿其中，从历史、人文、风物等多方面讲述"海宁故事"。首先，作者在时间跨度上拉长了海宁的纬度，让脚力和笔力触及更久远的年代，比如写到俗称为"西山"的紫微山，用白居易在杭做刺史时与此山的渊源道出小城山川的历史印记；写到曾遭战火摧毁的山间小寺，以宋仁宗熙宁元年的史书记载巧妙勾勒出寺院历经沧桑的痕迹；写到山上的智标塔，详尽记录了塔的数次兴毁；写到干河街的过往，不经意间谈起硖石镇的商业起源……海宁的一花一石、一草一木，均能令作者拨开时间遮蔽，唤起对久远岁月的深切感知。

我们常说，历史需与现实结合，方能延续并重塑新的生命。

作者的巧思在于，她并非执着于擦去历史的青苔，而是以现代视角重新审视眼前景致。她写寺前的经幢，并非局限于经幢，还有由此联想到的生活点滴，比如女友在父亲去世后，靠抄写"陀罗尼经"获取内心安宁，"金笔写下的一页页经文有足够大的能量传达到遥远的我们都要去往的那个所在"。写在河道上填筑起来的干河街，引出从前的同事余音开店做买卖的往事，还有商业中心迁移，店铺不断易主的经历。写小镇上或熟悉或疏远的面孔，联想到曾和儿时的伙伴西西一起上下学，之后长时间不联络，却在几年后得知她生病去世的消息。写西山上的晨光和夕阳，从亘古不变的金色里遥想到天体的长远和人生的短暂。无处不在的海宁风景与故事似细水长流般汩汩而出，横向展开了作者心目中魂牵梦萦的"精神高地"，正如她在书扉页上所引的娜恩·谢泼德的格言："我们通过仔细观察近在眼前的事物来获得新知。"由是观之，吴文君写景物是有深度和厚度的，它不仅涵括了时间的宽度，更有文字的张力与心灵的温度。

读《时间中的铁如意》，如同在盛夏的午后涉足林间小径。路上有似缠绕藤条般的错综复杂，也有无底洞穴似的幽暗深邃，猛一回神却又顿觉水清林静。行走在消逝的岁月中，重拾起当下正在隐去的风景，这是一场关乎心灵的对话，是对一座小城有意识的重读，是一种理想，也是一份热望。

2022 年 4 月 30 日

溪山好作画图看

——读柴惠琴《图山溪山图》

　　初读书名——"图山溪山图"，打趣般的回文句式，将富阳图山溪这处地名与溪山图的传统文人画命题合而为一，予人洗尽尘渣、清逸明净的空灵之感。作者柴惠琴生于富阳，长于富阳，她将山乡大地上自己熟稔的人文风物、逸闻逸事逐一拾掇，缀句成文，合成一本清丽典雅的散文集。

　　小书分《我的自留地》《月照千家》《稼佑》《但爱鲈鱼美》《记住你在哪儿》五辑，以朴素的语言和明亮的语境依次记录了大地、村庄、人物、物产及浓浓的乡情。书页间，可笑可爱的往事纷披，如清澈的溪水沾染泥土的气息。潺潺流水声中，乡村的亲切与悠远的情思尽情流淌，俯拾皆是。

　　桐洲岛、东梓关、湖源溪、新登半山……一个个地名，承载着富阳这片土地的独家记忆。桐洲沙上开得热烈又纯净的雪柳花，龙潭庙下靠湖源溪一侧石壁上的"侧石奇观"，洞桥郁郁葱葱的桑园和半山恣意喧闹的桃花，都是现代版富春山居图上极具辨识度的景致。作者敏感、细腻地捕捉景物细节，并赋予其独特性。透过她的视角，生活中寻常所见的细微处膨胀为美的发生器、乌桕叶、水鸟、苔藓、灰墙上的疤痕等极微小的乡村图像，在长久的凝视下升腾起了诗意之光。值得一提的是，这种风景描画不仅限于浅表的观赏层面，更掺杂了作者对现实时空的洞察和追问。如《废墟上的时间》中，作者认为"时间产生的距离，最终在空间上体现了巨大的变化"，因此前头屋会因"实体的消失而逐渐从言语中湮灭"；再如《一个月亮》中，她用诗性的语言写下"一个月亮追着一个人，追过富春江，追过鹿山，追过永恒的过往，照见他的前世今生"，俨然"人生代代无穷已，江月年年望相似"的古雅意境。

为了方便读者更直观地领略美景，柴惠琴还亲自拿着相机进村上山，在田野乡间拍下一幅幅珍贵的插图，使全书图文并茂、绘声绘色，极具观赏性和收藏价值。笔墨与盛景的浃洽无间，使读者得以窥一斑而知全豹，拼接出独具特色的富阳之美。

一方水土养一方人。生长在秀美乡村风景下的人不仅品性纯良，而且身怀绝技。爱好交游、视野广阔的九先生许秉禄既能造木轮船，又有一身辨矿的本领；悬壶济世的张绍富质朴亲切，上门求医者不计其数；两个箍桶匠吴刚元和李阿土凭借一身娴熟的箍桶手艺闻名四方……在这片神奇的土地上，作者不辞辛劳跑遍乡镇，用笔勾勒前辈们的传奇人生。在此过程中，她始终怀着一颗赤子心，去发现、寻找、记录和叙述，正如她在后记中说，自己"没有因为成熟而世故，也没有因为生活带来的各种考验而丧失对新事物的好奇心和天真"。

在柴惠琴笔下，富春山水和乡村大地，无一不藏有她过往的经历和感悟。佛法庄严的天云寺，在她记忆中有珍珠泉、豆腐脑和跳舞的老人；一场雨的间歇，在她笔下像玩累的孩子做出勉强休憩的样子；对于留有神迹的西岩山，她却坦言："我喜欢神仙居住的地方有俗世的温度，我喜欢人间的风景有清远的气度。"她将"自身"置于乡间，凭直觉解锁乡村秘密，并借此探寻"自我"不同于寻常表达的精神符码。

行笔至此，蓦然想起法国作家尚·克莱尔的名言："乡土和孤异是我们通向普遍世界的唯一道路。"从这个意义上说，渐行渐远又有何妨？柴惠琴早已斟了一壶山水，在四时流转中不断咂摸、品味其中滋味，再用独具灵性之笔皴、擦、点、染，真正绘出一幅容纳当代乡村精神的华美画卷。

2022 年 9 月 6 日

一脉深情叩山乡

——读程洪华《麦地的黄昏》

　　素有"竹乡"之称的常绿镇，位于富阳南部山区，境内遍布竹林，四季常绿。得益于此，淳朴的乡村文明依托天然屏障，在大山里贪婪地汲取养分，肆意生长，诞生了自成一脉、得天独厚的人文风物，滋养着世世代代生活在这里的人。

　　在程洪华的散文集《麦地的黄昏》里，家乡常绿是个绕不开的话题。集子分《炊烟里的乡愁》《麦地的黄昏》《记忆的黑白底片》《稻草人语录》四辑。书中，优美的自然风光、舒缓的生活节奏和质朴的风土人情是作者儿时的回忆，也是他紧张疲惫的生活之余不断依恋、回望的精神家园。

　　程洪华笔下的家乡是有温度的。底蕴深厚的常绿大章村、饱经风霜的老屋也好，舞龙灯、纸糊高照、纸伞等民间艺术也罢，或是母亲做的红烧豆腐、有历史渊源的"甲鱼炖火腿"、乌饭麻糍上溢满馨香的松花粉等极富烟火气的美食，都烙有鲜明的程氏专属印记。这些山乡风物在作者朴素无华的笔下由远而近，由物及心，潜移默化地渗入人心，既让人得以管窥常绿乡村的全貌，又让人洞见作者血脉中源于乡土社会的那份质朴、纯粹与真诚。

当然，物之所以动人，必然与人有千丝万缕的联系。在《父亲的番薯地》中，作者写父亲教我拿锄、松土，是对父亲周而复始经营番薯地的辛勤劳作的致意；在《布鞋》中，他写针脚细密、平整厚实的布鞋，写布鞋被火熰烧破的往事，是感念孩提时母亲静默无声的爱；在《常绿篮球》中，写初中时打篮球的经历，写职业篮球俱乐部的成立，是对同乡们保持韧劲、扬威赛场的殷切期盼……散文承载了作者对家乡故人的真挚情感与深切怀念。值得一提的是，程洪华在叙事时有意将地道的常绿方言穿插其中，"筷榔头""落胃""真健""辰光""吃不落""栗壳"等口语简单直白、不事雕琢，别有一番趣味。此外，书中的简笔画配图也独出心裁、颇具意趣，在丰富阅读体验的同时，使文字更直观，更透彻，更贴己。

余光中在《散文的知性与感性》中说："一位作家若能写景出色，叙事生动，则抒情之功已经半在其中，只要再能因景生情，随事起感，抒情便能凑功。"《麦地的黄昏》最出彩之处，便是用最质朴、扎实的语言"生情"和"起感"，对生活中寻常所见之人与物倾注热爱，而非浮光掠影地一笔带过。在程洪华笔下，烈士蒋忠的英雄事迹，定居中国台湾的三叔的亲情牵绊，以及富阳的郁达夫、富春江，还有常绿之外的张家湾、新沙岛、四季坞，等等，都因这份热爱裹挟上一层浓郁的风霜感，简朴、粗粝，却真实、动人。

事实上，最真切的情感绝不来源于故纸堆里的闭门造车，而是靠走出书斋，走向现实，不断地认识生活、开阔视野、感悟人生得来。笔者读《麦地的黄昏》，欣喜地发现程先生深谙此理，谦逊和善的他在后记中用"无趣与笨拙"自谦。但也许，正是因为"无趣"，他能够更踏实地体悟生命中的人和事，让个体的人生境遇更多指向现实意义，让笔下文字成为一种有根的书写；因为"笨拙"，他更富耐心地咬文嚼字，更诚恳地与志同道合的朋友切磋交流，用文字这一恰切的居所抚慰、疗愈匆忙而烦躁的灵魂。蒋立波先生说："正是这样一份'无趣与笨拙'，让他远离了外界的喧嚣与诱惑，得以固守于自己的一方天地。"诚如斯言，程洪华踏实、纯粹的写作方式让文字滤去浮华，回归本真，也让饱满的深情轻轻叩响了他所热爱的山乡大地。

2023 年 1 月 9 日

自然根脉启哲思

——读曲曲《鸟兽为邻》

　　世间风物皆有可爱之处，但若要对我们熟悉又陌生的自然进行深度书写，却并非易事。曲曲（赵玉龙）的散文集《鸟兽为邻》用一手的成长经验、深切的情感积淀与淳朴的乡土视角，为我们再现富阳乡村的鸟兽草木与质朴人情，还原那些古旧又文明的山乡风貌，绘制出一幅人与自然和谐共生的壮阔图景。

　　身为土生土长的富阳常绿籍作家，曲曲的创作是有根脉的。在散文集《时光留痕》《记忆深处》《鸟兽为邻》《乡村物语》《远方的风》这前五卷中，作者频频回望家乡，重彩深描那里的山川田野、花鸟虫鱼和风俗民情，用清朗质朴的笔调传神书写江南乡村特有的风采。书中，从夏日的鸣蝉到冬季的乌桕树，从身边的父母亲人到活在精神世界里的梭罗、爱默生与苇岸，从少不更事的童年时光到成年后在农业局水果站的实习经历，林林总总，均有涉及，充分彰显出作者细致入微的观察力与融会贯通的思考力。

　　曲曲的散文有"土气"的一面。他爱用方言，于是乎，"跄人家""何兮用场""填债""后生家""狼鸡头"等地道的乡音扑面而来。作者调动起全身感官与童年记忆，写竹林中疯狂生长满目葱茏的灌木和杂草，写空气中夹着露水且带丝凛冽的桂花香气，写胧月花钵里领雀嘴鹌的嬉闹与鸣叫，写寓意为"一年甜到底"的糖冲鸡蛋和甜水汤圆，他将乡土生活日常的色彩、气息、声响与滋味描摹得元气淋漓、生动盎然。与之相应，曲曲笔下的人物也携带着蓬勃生命力和浓郁烟火气：质朴善良的娘姨婆、性情敦厚又爱唱《两只蝴蝶》的货车司机小季、生性害羞却对广场舞情有独钟的母亲……他们勤劳勇敢、可亲可信。最令人难忘的是《草木记》中因植物长势太好，将蓝蝴蝶花、芭蕉树、白玉兰一一铲除的"霸道"父亲，惹得作者又恼又气，父子俩多次"交战"的场面煞是真实可爱。

曲曲的散文也有"洋气"的一面。如果说山乡大地上富有生机、韧性的风物人情源于作者的文化根性，那么书中时有闪光的哲思则得益于他深厚的学养。《菜根谭》《孟子》等儒家语录集，《瓦尔登湖》《沙乡年鉴》《大地上的事情》等自然文学之作，《千与千寻》《红·白·蓝》等年代久远的老电影，在作者笔下均成信手拈来的材料，赋予此书更多文化属性与知识含量。曲曲从中汲取营养和灵感，对童年生活的场景、旧时光中的民俗，以及俗世中的友情、亲情、孤独感等生命困境，予以深入探索。在他拍摄一朵花时，他生发出关于距离和风景的思考，认为距离过近时不妨后退一步，"世界和你自身都会是另一种美好的风景"；当他看到白雪覆盖枯败苂白叶的场景，深知枯败背后有新的萌芽在暗处生成；当他走在乡村小径上，用父亲的教诲总结出"做人如走路，不可'出边出沿'"的朴素人生哲理……作者从阅读中自觉建立起自然生态观，并透过不时的哲思和想象，在乡土生活与学识底蕴间建立一种联结，从而找到属于自己的写作立场和精神坐标。

文学评论家丁帆先生在《自然文学书写之我见》中说："循着人性的真善美的路径去面对自然，才符合世界与自然的生存秩序。"《鸟兽为邻》对自然的书写之所以能观照世界、启迪心灵，是因作者首先有纯粹真挚、充满诗性的灵魂，而后才是修辞与文心，正如他在《后记：童年与故乡》中所言——"从对这些事物的观察和感受中，逐渐造就了我一颗善于感受自然的内心。"

从这个意义上说，《鸟兽为邻》不仅是一部生动的当代乡村写照，更记录着作家曲曲的心灵成长轨迹。它将作者的生活体验、心灵感受和精神脉络熔铸在对草木花鸟的观察与省思中，开辟出一条具有鲜明风格的自然文学写作之路。

2023 年 4 月 21 日

第 三 卷

光影留痕

《后来的我们》：北漂青年的爱情

　　"前任"是一个千百年来被众多畅销书和流水线电影津津乐道、大肆渲染的话题。千篇一律的故事情节、刻意突兀的尴尬对白、故作动情的欢笑与泪水……一系列附在这一话题上的负面标签让笔者在观影前便对这部影片有了过低的期望值。也许正是因为预估不高，在看完影片后反而觉得，除却商业化言情片避不开的一些缺点，影片中的一些细节仍能打动人心，直抵灵魂。

　　《后来的我们》讲述的是一对北漂青年林见清和方小晓的爱情故事。两人在过年回家的火车上相识，随后历经恋爱、分手、错过、重逢等一系列故事，最终选择好好道别。不得不说，这和目前市场上一部分青春言情剧堕落腐化的思想和挥霍青春的主题相比，显得更贴近生活，更真实可感。

　　电影让人印象最深刻的大概是见清与小晓在异乡打拼时的相依为命。两个人仿佛风雨中飘摇无依的两根稻草，紧紧依靠在一起，互相取暖。他们蜗居在只放得下一张床、一张书桌和沙发的狭小群租房里。每天吃同一锅泡面，听同一首歌入睡，一同为了省打车钱站在寒风中长时间等公交。为了未来，他们频繁地更换工作，在身边的朋友一个个回故乡谋求安稳工作的时候，依旧咬牙坚守在异乡。在见清被抓进看守所拘留时，小晓甚至代他回老家，陪见清爸爸吃年夜饭，替他隐瞒……一点一滴的生活琐事，让这份感情有了沉重饱满的力量，也使这部电影与无病呻吟的青春偶像片有了云泥之别。

然而，生活并不总是顺遂人意，感情也并不会一帆风顺。由于在事业上接二连三受挫，见清逐渐变得颓废暴躁，敏感自卑。在单位做客服时，他与客户对骂；在同学聚会上，他因装大款被耻笑；下班回家后，他靠打游戏与和网友聊骚度日；和小晓吃饭时，他只因小晓朝邻桌多看了两眼就冲上去和别人扭打……可以看到，见清的自尊心在巨大的生存压力面前变得愈发脆弱，这也直接使得他与小晓的感情在日复一日的磨损中终告破裂。影片将这段爱情的起起落落交代得一清二楚，情感的每一次转折在具体的生活细节中也都有据可循，层层跟进。

在技术运用上，影片也颇具设计感。彩色与黑白色调相互切换的处理使影片的视觉语言给人一种冲击力。它不仅代表不同时空的转换，更印证了影片中主人公口中的那一句"失去你的世界不会再有色彩了"，是对男女主角从相爱到分手，再到重逢后的放手这一连串情节起伏的诠释。

情节处理上，见清与小晓初次相遇时火车停开的遭遇与再次相逢在飞机上的故事前后照应，也为故事渲染了一份悲剧色彩。作为刘若英导演的处女作，这些颇为精心的安排已经非常难能可贵。

演员用心用情的演绎也是这部影片中很大的亮点。影片开始时周冬雨朝着坐在商务舱中的前男友的回眸和淡淡一笑，两人在北京漂泊时日常的嬉笑打闹，井柏然所表达的一个自尊受伤的青年的颓废与堕落，都让笔者感受到了演员对每一处细节的推敲。

不过，在这部以爱情为主线的影片中，最打动人的也许是田壮壮表现出的一位老父亲对这对青年男女的爱："缘分这事，能不负对方就好，想不负此生真的很难。这些可能等你们老了才能体会得到。做父母的，你们和谁在一起，有没有成就都不重要。只希望你们能过上自己想要的日子，健健康康的。"

我想，在这个故事里，也许只有见清爸爸能理解方小晓的放手。虽然小晓时常把"北京户口""房子车子"挂在嘴边，但她最想得到的，却是对方给自己同等回报的关爱与陪伴。田壮壮俯身做黏豆包的身影，电话里不放心的叮咛与嘱咐，给小晓写信时字斟句酌的一笔一画，都将一位长辈对孩子的担忧与牵挂诠释得淋漓尽致。

当然，影片也有许多可待改进之处。故事中每次情感渲染得恰到好处时，总会突兀地冒出一句类似言情小说里的"名句箴言"。比如：

"幸福不是故事，不幸才是。"
"后来的我们什么都有了，但没有了我们。"
"我最大的遗憾，是你的遗憾，与我无关。"
"I miss you，我也想你，不，我错过你了。"
…………

这些略显刻意的对白，都使情感的力度大打折扣，有矫揉造作之感。只因世界上最动人的情感，一定是"节制胜于放纵"。

这些听着深沉且袒露的台词，其实用力过猛，全然没有动情的力量，而点到为止、含而不露的表达，才最能打动人心。

比如在《海边的曼彻斯特》这部影片中，男主角卡西全程都顶着一张淡漠得看透尘世的脸。他自始至终沉默寡言，动作迟缓，神情呆滞。虽然其情感从头至尾都没有爆发，但其内心所有的伤痛却通过这种含蓄的形式进行诉说。影片中原本可以很好跟进展开的亲情线和"北漂"们在大环境中的挣扎与反抗也没有达到一定力度，委实可惜。再者，女主角和"前任"喝着酒哭着回忆往昔，以及在宾馆里被当作小三的情节设置还是不免让这部影片落入俗套。

《后来的我们》作为一部流水线上的言情片，或多或少有一些瑕疵，也由于不同的原因饱受诟病，但不可否认的是，它通过讲述两位"北漂"的爱情故事，还是为观众们带来了许多感动。可以说这既是影片中两位"北漂"的故事，同时也是属于一群人的记忆，平凡却真实，具有触动人心的力量。

2018 年 5 月 1 日

《知否知否，应是绿肥红瘦》：
改写与建构

近年来，以庶女逆袭为题材的文艺作品可谓比比皆是，呈井喷之势：《锦绣未央》《妻居一品》《重生之庶女归来》……一部部电视连续剧与网文小说令人目不暇接，却并非部部精品，能吸引人一直看下去的更是屈指可数。其中，赵丽颖、冯绍峰主演的《知否知否，应是绿肥红瘦》（以下简称为《知否》）可圈可点——至少，作为一部由网络小说改编的电视剧，虽然题材是司空见惯的庶女逆袭，但依旧凭借用心的改编与精良的制作吸引了一众观众的目光。

该剧改编自关心则乱的小说《庶女明兰传》，讲述的是北宋官宦家庭的庶女盛明兰从闺阁少女一步步成长为侯门主母的故事。在演绎这部庶女成长史的过程中，《知否》编剧在原著基础上做了一系列改动，使故事以全新的面貌呈现在荧屏上。

改身世，谈性格之缘起

看过原著的观众都知道，《庶女明兰传》原是一部穿越架空的小说，原文中的女主角盛明兰则理所当然是一位具有现代进步思想的独立新女性。因为这层身份，她在具备现代化视野的基础上自然能"出乎其外"，看清并从容应对深宅大院里的明争暗斗，不使自己深陷其中。然而电视剧中的明兰却是实实在在的官宦家庭庶女，她作为古代极其普通的一介女流又凭何应对漫漫人生路上的风雨呢？

　　编剧交出了不错的答案：幼年丧母。原著中，当女主角穿越过去时她的生母已然离世，明兰作为一个"局外人"自然对母亲缺少感情，因此生母的逝世被轻描淡写地一笔带过。而在电视剧的前三集中，编剧与导演却花费大力气渲染了明兰生母卫小娘的离世。这个情节的改编，一方面在故事开头将盛家大宅院里不同身份的人物性格一一呈现，如大娘子心无城府、行事冲动，林小娘精于算计、阴险刻薄，盛老太太智慧通透、深谋远虑，盛纮在家宠妾灭妻，在朝堂上却深谙中庸之道；另一方面也交代了女主人公性格形成之缘起。年幼时亲历仆人小蝶蒙冤被逐出家门，母亲难产而死家中却无一人相助等悲惨境遇，使这位原本天真烂漫的投壶少女开始收敛锋芒，变得谨小慎微，并决定查明当年生母逝世的真相。更难能可贵的是，编剧并未因此把明兰改编为一个被仇恨包裹着步步为营反败为胜的人物形象，而是保留了原著中女主角善良聪明且通透豁达的品性：她在故意设计整顿侍女的过程中因自己算计了宅心仁厚的二哥哥而心怀愧疚，在小公爷丢汗巾帕子时宛如断案老吏般分析得头头是道却选择"看破不说破"，在孔嬷嬷的课上不和两位姐姐争风吃醋却暗自记下了所有要点……此外，因生母被害使得明兰被接到祖母身边悉听教诲的后续情节发展显得顺理成章，为她日后的成长做了充分铺垫。

改人设，谈情感的丰富

与原著相比，剧中的女主角形象更为丰满，情感更加丰沛，多了一份"少女感"。这主要体现在明兰对待爱情与婚嫁问题的态度上。在小说中，面对小公爷的追求，明兰并没有动心动情的表现，甚至在贺弘文出现时即将听从祖母的安排嫁给这位医术高明的谦谦君子。笔者以为，由于幼年遭遇不幸，主人公明兰在为人处世上比同辈人更为小心谨慎本无可厚非，然而这并不意味着她会丧失一个花季少女本该有的纯真。虽说贺弘文各方面条件都不差，但比起齐衡这样一位家世、样貌、才学样样出众的贵公子必然相形见绌。涉世未深，初尝"情"滋味的明兰面对此般人物，情窦初开应是自然而然的事。比起原著里明兰的不为所动，电视剧中把明兰与小公爷的感情线由单向改为双向更合情理，明兰的人物形象也因此被塑造得更加有血有肉：虽然她为保全自己将小公爷送的紫毫笔分别转送给两位姐姐，但她也曾绣好一副带元宝图样的护膝并悄悄塞进盒子，以传达绵绵情意；虽然理智让她在庙里亡母的灵前拒绝了小公爷的深情告白，但她也在平宁郡主迫使自己和小公爷成为兄妹后真性情地闭门大哭；虽然她知晓自己之于小公爷正如屋檐下的雨燕之于天空中翱翔的雄鹰，但也会在小公爷赠送泥阿福后喜不自禁地对这个礼物寸手不离……这些情节的改动，使明兰在理智之外多了一份少女情态，显得真实感人。

在叙述男女主爱情线时，编剧看似不经意实则颇为用心地一次次让两人有了交集。明兰在华兰婚礼上的"投壶赢聘雁"与马球场上和小公爷联手击败顾廷烨均印证了片花里顾说的"我一辈子都输给你"。在明兰为母亲找郎中的路上以及跟随祖母回宥阳的路上，又一次次得顾廷烨相助相救。虽然英雄救美的情节与男女主开始互不对眼后又结为连理的剧情难免使故事发展落入俗套，但明兰在此过程中对顾廷烨产生的感激以及在男主家破人亡时托二哥哥送鱼粥的知恩图报丰富了她重情重义的性格。

改经历，谈女性之成长

女主角明兰不仅有情有义，更有审时度势、以退为进的"大智慧"与胆大心细、敢作敢为的勇气。智慧通透的大脑与坚忍果敢的内心并非一朝一夕便能练就，而是需要机遇的垂青与长时间的历练。对明兰而言，她把握住了每一次学习机会：在祖母身边聆听教诲，在庄学究的课堂上专心听讲，向孔嬷嬷学习各类礼仪，还有祖母为她争取的临时管家权。在原著中，管家本是林小娘的职责，后又交由大娘子负责，而电视剧中则插入一段明兰单独管家的剧情，这使明兰在管事理财方面的才能得到充分施展。比如剧中，明兰故意放纵丫鬟胡闹，在恰当的时机又搬出大娘子替她做"恶人"，不仅清理了院子里不安分的下人，还人人不得罪，落得个面慈心软的好名声。这也为明兰之后在宥阳老家替堂姐淑兰拿到和离书以及成家后当起侯门主母埋下了伏笔。这一情节安排还让盛家的管家权最终交还原主显得水到渠成。这是剧中祖母老人家的智慧，也是《知否》编剧的智慧。

除管家之外，明兰跟随祖母回宥阳的经历也让她成长不少。比如在遭遇水寇时有条不紊地安排祖母和房妈妈先走，而后临危不乱地对下人们发号施令；比如在一家人对淑兰的未来深感忧虑时，她目光长远地指出"和离"才是最好的选择；比如在为淑兰讨"和离书"时，她急中生智想到要去千金阁拿花娘的籍契，而后又有勇有谋地进入千金阁与老鸨周旋……这些剧情凸显了她勇气与胆识并存的光辉形象，令人赞叹。

《知否》在许多细节的处理上亦颇为用心。比如解决淑兰的"和离"问题时，在等前厅消息的过程中，明兰静心练字的从容不迫与品兰来回踱步的焦虑不安形成鲜明对比；再如在送长柏长枫进考场时，如兰的一句"祝二哥哥金榜题名，一举成功"与墨兰的"祝二位哥哥鱼跃龙门，蟾宫折桂"虽在祝福对象上只有一字之差，却充分显露如兰的心直口快与墨兰的故作懂事，而明兰的"祝二位哥哥在考场中多多喝水，好好休息"更是将其与两位姐姐形成对比，一个可爱的傻丫头形象活脱脱显露无遗。

电视剧《知否》有台词语病迭出、感情线略显俗套等尚待改进之处，但总体可称得上白璧微瑕，光辉难掩。尤其编剧对原著中许多情节的改动因贴合了人物身份更加真实与生活化，剧中建构的"众生相"也通过错综复杂的人物关系使叙述视野更宏大，背景更广阔。

2019 年 1 月 15 日

《变成你的那一天》：毫末处见匠心

　　"灵魂互换"是影视剧中较为"老套"的一大题材。《辣妈辣妹》《父女七日变》等父母与子女互换的家庭温情主题具有"催泪"效果，《秘密花园》《你的名字》《太子妃升职记》等同龄男女互换的设置更具想象空间。近期热播的轻喜剧《变成你的那一天》（以下简称《变成你》）讲述的就是当红男明星江熠和娱乐记者余声声在一次电梯事故后互换灵魂，从此开启双向救赎之路的爱情故事。

　　在人物设定俗套、剧情鲜有创新的前提下，该剧却热度不断，为观众带来意外之喜。在青春偶像剧乏善可陈的当下，《变成你》缘何获赞？答案的第一关键词实乃老生常谈：细节！

　　编剧深谙"真实才能动人"的创作原则，并未在男女主雷雨天遭遇电梯事故的陈旧开头下继续安排不合逻辑的感情线。相反，剧中男女主谈的是一段相互理解扶持、懂得换位思考的"正常恋爱"。在声声得知江熠被黑时，怕他误会特意告假前往山上寻人；在江熠发现因自己疏忽，罔顾声声感受叫上许舒怡一起吃饭而惹声声生气时，主动上门真诚致歉。在他们互换身体的时间里，及时沟通，认真地替对方工作和生活，由此改变了对彼此的"刻板印象"，实现了双方的共同成长。同时，童年孤独、缺乏关爱的江熠被家庭温暖、天真善良的声声所打动，继而敞开心扉也在情理之中。剧中"你找到我了""我也很幸福，在变成你的那几天"等台词显出一股清新自然的质感。

　　演员真实细腻的演艺功底也是该剧一大亮点。张新成继《你好，旧时光》《大宋少年志》《以家人之名》等剧后再次拿出的精湛演技为剧集添彩不少。用男性身体反串出"女生味儿"本就是一项不小的挑战——少一分则难达角色要求，多一分则显忸怩作态，观感欠佳。而被余声声"魂穿"的江熠（以下简称"女江熠"）在他的演绎下却自然得毫无违和感。当女江熠得知自己夹碎的工艺核桃价值六十万时，一屁股坐在了地上，面部抽搐，真实再现了单纯无知的声声面对此情此景时应有的惊惶无措。而当江熠本人面对同一场景，张新成改用微怔后"气笑"的微表情传神表达了男主集震惊、生气、无奈等复杂情绪于一体的内心，符合人物一贯冷静理性的形象。再如，当江熠在医院初次变身后，他发现陌生人时立马拉被子遮挡的瑟缩体态、下意识推开经纪人的动作、看向周围的惶恐眼神，都娇而不腻地演出了小女生情态。此外，女江熠日常撩头发、咬手指、内八字坐姿、踮脚小跑、疯狂捶腿等细节传达的娇羞柔弱感与江熠本人高冷大气的形象也构成强烈反差，形成了表演的张力和层次感。相较之下，梁洁饰演的被换灵魂后的余声声（以下简称"男声声"）不及男主的表演发挥余地大，但她同样以自然松弛的演技演出男女差异。她豪迈不羁的走姿、淡定自如的神情、沉稳不迫的语气……举手投足间尽显男性的阳刚之气。与此同时，该剧配角的演绎也生动立体，十分精彩。沈泊青被声声拒绝后坐在车内双唇微颤，难掩泪水；裴伽树为在粉丝面前保持人设，坐下时一挥衬衣下摆故作潇洒；饰演声声爸爸的老戏骨黄海冰在喝酒后略显醉态地称江熠为"兄弟"……众演员生动细腻的演绎，支撑起他们或深情或俏皮的形象特质，是该剧能够吸引眼球并站稳脚跟的关键。

剧组对动作细节的把控不可谓不周全。例如男主每逢坐车必系安全带，女主从未系过，变身后此习惯在二人身上换过来的处理，以及男女主同住酒店时，男主拖鞋整齐摆放，而女主较为随意的细节，完全符合二人严谨稳妥和开朗随性的性格设定。再如女江熠因不识沈泊青而在微信询问时音译成"伯清"，男声声在回复时纠正为"泊青"，对应了二人与泊青不同的人物关系。此外，生日会上余声声和江熠拥抱时屏幕右上角显示直播人数"500.2万"，与裴伽树在车后座默默打开手机看到的江熠生日会"直播人数破500万"报道一致。还有，江熠幼时记忆中，妈妈拿给爸爸用来给自己看病的钱是旧版人民币，房间里的"葫芦娃""奥特曼""猫和老鼠"等布置也符合20世纪90年代孩子的童年。再有，余声声房里适时脱落的裴伽树海报也暗示着她内心对江熠感情的逐渐升温。除道具外，该剧在换镜、打光、配乐等方面都颇为精心。无论是将手机画面放大进而切到真实生活场景，还是躺在明暗交汇处的江熠面朝有光一侧都彰显了制作组的巧妙匠心。必须浓墨重彩予以点赞的是该剧恰到好处的特效和背景音乐——轻松搞笑时适时响起的美声颇具喜剧效果，男女主真诚交往时的英文歌亦有渲染气氛之效。及时出现的小特效更使整部剧灵动俏皮，笑点不断。

作为一部"老套"题材下诞生的新作,《变成你》的各环节
颇具匠心,在炼剧情、提演技、磨细节等方面的完成度都达到了
一定水准,值得一看。

2021 年 6 月 20 日

河南卫视文化创新节目：内美与修能

在文化发展的道路上，复兴传统文化，古为今用、推陈出新是个绕不开的话题。近来接连出现的爆款文化创新节目，无不证明了艺术创作"古为今用、推陈出新"令观众惊艳的力量。例如，河南卫视推出的节目中，从春晚爆红的《唐宫夜宴》《天地之中》，到元宵特别节目《河南博物院元宵奇妙夜》，再到不久前的《端午奇妙游》和献礼建党百年的水下舞蹈《红》，都是致力于激活优秀传统文化基因，赓续地域精神血脉的努力与呈现。屡屡对这些节目赞美、惊叹的同时，我们也不禁思考，这类既叫好又叫座的文化创新类节目是如何炼成的？

追溯历史，破解传统密码

与众多新兴媒体媒介及其文化产物不同，传统文化创新节目与生俱来裹挟着厚重的历史感和历经岁月沉淀的独特"包浆"韵味，这使它在文化节目存在形式同质化、制作浅表化等问题的当下依然具有先天吸引力。而如何从卷帙浩繁的历史典籍中撷取

"文化亮点"并提炼出新奇创意，是制作文化创新类节目面临的首要问题。

　　河南卫视在这方面可谓别出心裁，表现不俗。端午开场舞《祈》以敦煌壁画中的洛神飞天为原型，采用真人水中起舞的形式再现曹子建笔下"髣髴兮若轻云之蔽月，飘飘兮若流风之回雪"的曼妙，舞出文化的"回归"；舞蹈《红》采用黑暗背景暗示救亡图存失败的时代下民众的绝望挣扎，又以鲜亮红绸和腾跃向上的舞蹈动作象征中国共产党诞生以来激昂奋发的精神面貌；《天地之中》取河南登封"天地之中"历史建筑群之名，让一群身着宇航服的演员表演太极拳，在太极推手气韵十足的一来一回间推出道家文化的磅礴力量；《唐宫夜宴》以河南博物院的贾湖骨笛、武曌金简、莲鹤方壶、妇好方尊等镇馆之宝为"吸睛"点，将当地的歌舞、戏曲、武术等元素融为一体，穿成一条穿越时空、次元交汇的时间轴，传达天人合一、精诚团结的中华气魄……显然，在深入挖掘传统题材的基础上，选取最能触发受众民族自豪感、最能唤起受众文化认同和民族自信的文化元素，是这类文化创新节目频频"出圈"的关键所在。

　　与此同时，编导还深谙细节取胜的法则，在制作上力求精美严谨。比如《龙舟祭》演员胳膊上古老的祭祀图腾文身，形象表达了男性的野性美与阳刚之气。《兰陵王入阵曲》的琵琶演奏者戴着半脸银色面具，传递了兰陵王因貌美每逢作战必戴面具的史实。《唐印》将月下小酌起舞的独舞形式与傀儡戏相结合，在照应李太白名句"我歌月徘徊，我舞影零乱"的同时暗合了祭祀背景，兼具盛唐特有的诗意心灵、高度自由和端午本身的严肃庄重。《丽人行》借杜甫诗名，给每位演员画上花钿、斜红、面靥齐全的唐朝妆容，以重现"云想衣裳花想容"的大唐盛世。由是观之，节目编导深耕历史细节，善于破解传统密码，并结合本土与节日热点，打造出这档具有市场竞争力和创新性的文艺节目，使其脱颖而出，赢得喝彩。可见，以复兴中华优秀传统文化为创作旨归，并深入历史肌理，用心体悟，把握历史文化发展命脉，是文化创新类节目题中应有之义。

以文驭娱，依托现代技术

任何一种传统艺术的重新演绎都离不开现代元素的融入。《离骚》曰："纷吾既有此内美兮，又重之以修能。"如果说传统文化元素的挖掘赋予文化创新节目以"内美"，那么现代化科技手段则起到了"修能"的作用。

《端午奇妙游》采用网剧、网综结合的形式，以四位唐代小妹的视角拉出四条平行且交错的故事线，在形式创新的同时兼具故事性，提升了表现力与想象力。其中，《兰陵王入阵曲》沿用古乐标题，实为全新创作的曲目，用大鼓和琵琶两种乐器演绎出兰陵王跌宕起伏又波澜壮阔的一生。《唐宫夜宴》则在短短五分钟内采用抠像、3D（三维技术）、5G（第五代移动通信技术）和VR（虚拟现实技术）、AR（增强现实技术）等技术献上了一出视觉奇观。太极表演《天地之中》用 3D 舞台设计、灯光、音响等现代化技术手段营造出神秘莫测的科幻感。

以《天地之中》的设计为例。演员们于一片星河陨石中起手舞太极，本就给人一种浪漫至极的观感，而 3D 效果下配合磅礴背景音乐出现的齿轮声和俯冲推镜、太极浑圆运转与齿轮轴承转合中显现的张衡浑天仪、转场后飞船内部向外看到的祖国大好河山等等，无一不给人带来沉浸式的观赏体验。在短短的时间内，编导依托现代声光电技术，综合中华传统文化与现代航天的精神内核，提供了丰富、深刻、可视化的艺术样态，在传统与现代的交织中传达中国传统美学。

值得注意的是，声光电技术如若运用得当，自有锦上添花之效，但若一味迎合观众对于声色的需求，则难免为博眼球而匠气过重，甚至沦为纯粹"炫技"的媚俗之作。在这一点上，近年来但凡能出彩的文化创新节目，都能做到主次分明、"道技合一"，在领悟传统中华文化内核的基础上运用科技手段，实现对观众审美品位和价值观念的正向引导。"洛神飞天"舞彩色灯光的角度切换是为凸显洛神光辉姣姣的姿容美与灵动飘逸的身段美，水下舞《红》爆发的梦幻气泡是为表达人民在党领导下生活越来越美好的欣欣向荣之态，《天地之中》恢宏激昂的配乐是为烘托振奋人心的神舟飞船"飞天"场景。此外，其他文化创新节目中，如《中国诗词大会》用古典音乐营造悠远纯净意境，《朗读者》用自然舞美布景与清越音效为故事增彩，《国家宝藏》用炫酷的高科技手段全方位展示文物之美……凡此种种，都是依托现代科技有意识地引导观众树立高雅审美品位、培养艺术情操的成功实践。它们在真正意义上做到了以文"驭"娱，让现代声光电技术服务于传承中华优秀传统文化的本质与内核，从而实现精神价值的输出和供给。

沉潜钻研，践行工匠精神

《祈》的意外"破圈"，再次证明了尊重文艺、精心制作的重要性。同时，也从另一个角度提示文化创新类节目在当下面临的一些问题。博大精深的中华文化是一片丰沃温厚的土壤，从中任取一点加以发挥，往往能长出一片生机盎然的绿意。然而，如若制作者缺乏"工匠精神"，只是套一顶文化创新的帽子生搬硬套、粗制滥造，不仅吸引不了观众，还易造成受众对传统文化的疏离甚至逆反心理。

《祈》的意义其实更在于，启示艺术创作者认识到任何流量的吸引和宣传的噱头都无法长久地留住大众的目光，唯有沉潜钻研，用心经营，花大成本、大工夫打磨作品，才有可能创作出令观众满意的好节目。为了能以一技之长还原千年前的中华精粹，舞蹈演员何灏浩在水下泡足二十六小时，每过五十秒换一次气，才做到在水中自如地控制身体平衡，保持舞蹈动作衔接的优美流畅。为了让每一帧画面尽善尽美，整个摄制组每次浸在水中长达两小时，哪怕身体抱恙。同样，为了能在水下起舞，《红》的演员张娅姝先花了整整三年学会了潜水。为保证镜头完整性，工作人员不仅需在每次拉完红绸后迅速游到光照不到的水池角落，而且因水下无法沟通，每拍一条制作组都需上岸交流改进方案，就这样共下水四百余次。

可以说，制作团队孜孜不倦的工匠精神是节目吸引观众不可或缺的因素。除了前期摄录的艰辛，《祈》的后期剪辑也精益求精，尤其注重成品视频的整体速度，对快慢节奏的把控近乎严苛。在一次次切换调整后终于使慢的缱绻语境和快的紧张渲染融合自洽。唯其如此，飞天舞的飘逸灵动和水下的凝滞感方能完美结合、相得益彰，酿成水墨般的晕染氛围。《红》的编导严格把关作品的寓意、情绪、控制、布置和调度，用长达一个月的时间共调整了十三版配乐。其实，无论舞蹈艺术语言还是电视艺术语言，都有其表象意义上的能指，也蕴含其抽象意义上的深意。通过团队对艺术的执着追求，二者融为一体，使整部作品的逻辑性和流畅度臻于完善，终呈现"体迅飞凫，飘忽若神，凌波微步，罗袜生尘"之美。

近年来，和《祈》《红》等相似的制作精良的文化创新类节目不在少数。纪录片《我在故宫修文物》《如果国宝会说话》、综艺节目《上新了·故宫》《经典咏流传》等自不必说，《知否知否，应是绿肥红瘦》等"带货"香道、茶道文化古装剧的播出等，均以用心精美的制作吸引了大众的目光。这表明此类节目的打造已渐成风尚，大众对这类节目的态度也趋向内涵化、理性化。究其原因，离不开优质节目对广大观众，尤其青年观众的情感传递与理性引导。而其中最打动人的无疑是制作团队坚守艺术理想的初心和坚持不懈的敬业态度。质量之魂，存于匠心。辛勤耕耘的文艺工作者们在文物、歌舞、茶道、美食、服装等各传统领域铸匠魂、塑匠韵、持匠心，才使广大观众发自内心为之折服，并从中接受优秀传统文化的熏陶。

当下，文化创新类节目的可持续发展依旧任重道远。一档成功的节目并不是简单地为传统而传统，将古代文化和现代技术机械结合，也绝非纯粹为迎合观众而产生的媚俗之作，而是需要团队用心发掘，用情演绎，关注到每一处细节，才能深入传统精髓，用旧瓶酿出新酒，真正做到如清代沈宗骞在《芥舟学画编》中所言之"自出精意，自辟性灵，以古人之规矩，开自己之生面"，并引领观众深切理解民族精神内核，在复兴中华传统文化的路上迈出更坚实的步伐。

2021 年 6 月 23 日

《革命者》：置黑暗而生孤勇

在不少观众印象中，主旋律影视剧的拍摄往往易陷入"神剧化"怪圈——我军在一阵声势浩大的冲锋声中如"刷副本"般攻城略地，直捣敌营，迎来革命曙光。与之相应，敌我双方的人物关系如隔着楚河汉界般忠奸分明。毋庸置疑，这不仅有违史实，革命烈士的脸谱化和偶像化也使故事很难真正打动人心。相较之下，影片《革命者》反其道而行之，直面历史伤痕，以一场惨烈悲壮的牺牲替代轻而易举的胜利，不出意外收获了老中青三代影迷的青睐，被盛赞为"革命浪漫主义的开山之作"。

电影聚焦李大钊先生被执行绞刑前的三十八小时，穿插叙述了这位革命先驱一生中壮阔如史诗般的革命片段。在生命的最后，面临我党各方力量的积极营救和敌人千方百计的酷刑折磨，守常先生神色如常，泰然自若，在狱中忘我哼唱起了《国际歌》，从容赴死。

《革命者》之所以动人，并非仅因为主人公充满血性与斗志的英雄特性，也源于影片极力塑造的血肉丰满、真实立体的"革命者"艺术形象。片中守常先生确有终生践行无产阶级革命事业的伟岸一面——无论是在开滦煤矿工人大罢工时启蒙工人阶级奋起反抗，还是在反军阀大游行中慷慨激昂地鼓励知识青年，抑或是面对俄国暴徒枪杀报童时团结各行业群众反对压迫，他都致力于身体力行地启蒙思想，唤醒民众的激情与热血。不过，编导并未将人物束之高阁，而是赋予革命者以烟火气。比如，片中李大钊在早餐摊前吃油条，和陈独秀谈笑风生吃火锅等就餐场景都极富人情味。另外，在田间地头和老农一起耕作、在家给家人弹钢琴、在澡堂与乞丐们说笑，甚至因客人吃多了肉而囊中羞涩等生活细节，都力求以平民视角刻画一位有生活气息的革命先辈形象。我们看到的不再只是活在文献史料中的崇高形象，更是一位有着高雅情操的知识分子、有满腔热忱的知己战友和洋溢着温情、慈爱的丈夫与父亲。同时，影片对其他人物的着墨也独具匠心。以饭食口味与李大钊展开思想交锋的陈独秀，同李大钊开怀畅谈美好革命愿景的毛泽东，苦守丈夫归来却只等到暗示丈夫去世消息之无字信的赵纫兰……仿佛都存在在我们身边，在日常的一粥一饭、一血一泪中。

片中人物之所以能牵动观众心绪，乃是源于制作团队深耕历史细节，以"大事不虚，小事不拘"的创作宗旨诠释历史进程。一方面，影片尊重历史，多场景还原为观众呈现原汁原味的革命高光时刻。不必说 1919 年《北京市民宣言》、1924 年第一次国共合作、1925 年"五卅"大罢工、1926 年三一八惨案等惊天动地的历史瞬间，影片在服化道处理和风格化场景设计上也力求真实。比如，片中李大钊就义的绞刑架是按照现下陈列在国家博物馆展览大厅中的文物 1∶1 复制而成。再如主人公就义前剃光头、摘眼镜的形象也经史料考证得来。还有陈独秀在新世界游艺场五楼向游客抛撒传单的一幕，所有露天电影、哈哈镜、台球厅，甚至包括陈独秀身上的白衣和呢帽，都是经严格考证后的全景式还原。另一方面，电影进行了一定程度的艺术化加工。庆子、报童徐阿晨等配角的虚构试图丰富人物群像，从劳苦大众视角全方位解读李大钊。此外，李大钊扮作农夫驾着骡车护送被通缉的陈独秀出城的一幕因寒冬风雪的渲染笼罩上一层唯美色彩，似是象征着一代风流志士不惧暴雪由心而发的浪漫主义情怀。同样，就义前守常先生在狱中与共赴刑场的革命者们从容谈笑的片段也有意化沉重为轻盈，何尝不是为千千万万凛然赴义者的革命乐观主义精神下了一个强有力的注脚?!

在对历史提炼加工的过程中，《革命者》巧妙运用影视拍摄技法，兼采非线性叙事和多个主观视角并联结构加以阐述。面对李大钊先生一生经历的形色各异的人与事迹，剪辑师情绪性的剪接打乱时空限制，使宏大的历史叙事在意识流式的镜头切换中以史诗形态跃然荧屏；面对当时出身不同阶层、持有各自理念的人物，尤擅操刀厚重题材的导演不局限于单一视角的多层次书写也刻画了李大钊多个鲜活立体的侧面；面对错综复杂的战局，张作霖书桌上不断加减砝码的天平以侧写形式形成对战局信息的折叠。同时，音效、摄影、配乐等艺术元素的加持使影片线索清晰、节奏明快，不着痕迹却又颇见章法地带给观众沉浸式观影体验。还有，老戏骨与青春偶像派结合的演员阵容向我们呈现了上至仁人豪杰，下至贩夫走卒的全民族救国之志。尤其值得称赞的是主演张颂文的演绎——从演出前反复观摩李大钊演讲视频的举手投足到开拍前来片场切身体验氛围，再到拍摄时将尖石头放进鞋里以求演出瘸腿的疼痛感，接连熬夜演出受酷刑的疲惫感，连拍多次吊威亚展现下坠时紧绷的重力感，无一不是力求将铸于丰碑之上的李大钊真实再现于尘世间。

"吾愿吾亲爱之青年，生于青春死于青春，生于少年死于少年也。进前而勿顾后，背黑暗而向光明。"影片最后，窗外阳光照射在赵纫兰收到的无字信上，光明无限。故此，《革命者》的意义，大抵不仅在于拂去厚重典籍的微尘，更在于唤醒当代青年，兼怀虽死未悔的决心和逆流而上的孤勇继续踏上先辈们的征途。

2021 年 11 月 1 日

《雄狮少年》：
跃向"擎天柱"的国漫新作

不少观众看完《雄狮少年》，会不由自主将其与周星驰的《少林足球》并置比较。不同时代、不同次元的两极相互交织，确有不少相似之处——招兵买马、勤学苦练、参与角逐的情节走向，从无名小辈逆袭成名的人物设定，以及同置于岭南文化下的影片背景，等等，都使电影在乍看之下全无新意，甚至一眼能望到结局。

然而，正是这部套用"咸鱼翻身"模板的影片，在上映数日后便斩获上亿票房，创下豆瓣评分 8.4 的佳绩。这当然离不开编导的创新。

近年来，国产动漫一直存在有"高原"而缺"高峰"的现象。无论是《哪吒之魔童降世》《新神榜：哪吒重生》《姜子牙》《西游记之大圣归来》等从古典小说中攫取英雄人物形象的影片，还是《白蛇：缘起》《白蛇 2：青蛇劫起》等对民间传说予以重释性叙述的作品，都摆脱不了经典传统 IP（互联网界的"IP"可理解为所有成名文学、影视、动漫、游戏等作品的统称）这一华美却极具束缚性的桎梏。

在某种程度上，瑰丽璀璨的传统艺术宝库就如同片中立在每一位高桩舞狮选手面前的擎天柱。这根从未有人跳上过的最后的柱子是一座难以逾越的"高峰"，令人心存敬畏。

《雄狮少年》的意义，正是拆除固有优秀 IP 的引擎，在旧框架中植入新血液，试图跳向这根象征着舞狮界权威的高柱。影片是如何实现创新的？简言之，在传统文化符号中有机融入现实元素。

首先，是采用生活化的人物设定。舞狮作为优秀民间艺术，早已成为民俗文化的一部分。编导却并未安排一位意气风发的英雄少年去传承它，而是将主人公定为一名弱不禁风且自卑无助的小男孩——在农村生活的阿娟没有父母陪伴，也无同伴尊重，只因巧遇与他同名的舞狮姑娘阿娟并受她鼓舞，才决心不再做一只任人欺负的病猫。

如果说经典 IP 下的国漫是通过重塑传统神话人物唤醒观众内心的文化认同，那么该片平民身份的选用则给予大众充分的身份认同和情感共鸣，使影片内外人物实现了现实层面的心理同频共振。

其次，是颇具现象级的社会议题。留守儿童、因病致贫、中年危机、外来务工人员等现实情境的切入，赋予该片真实的生命厚度。姑娘阿娟舞狮小有成绩却因身为女性不能延续梦想，咸鱼迫于生存压力放弃舞狮梦与妻子卖起了咸鱼，阿猫阿狗因长期被人嫌弃、忽视乃至遗忘，遂与阿娟组队舞狮以求获得自尊……这些皆是源自生活的真实素材，人物动机与剧情逻辑均能完整自洽，一定程度上增添了影片的厚重感。

最后，是对生存环境的真实还原。无论是开场长镜头原生态复现下的岭南农村面貌、林荫掩映下的幽森佛像，还是钢筋混凝土搭建的冷峻城市森林，抑或是杂乱无章的乡镇集市，都有一种粗粝的现实质感扑面而来。

影片不加赘述急于呈现的，绝非幼稚浅显的快餐式动画，而是承载着岭南乡村少年梦想的，架构起中国乡土社会基本框架和热血内核的根源，是真实躺卧在农村土地上的激情、勇气和力量——正如影片中反复强调的："别再做一只被人欺负的病猫了，去做一头雄狮吧！"

不过，该片对现实的披露并非一成不变的平面，而是一个循着时间线不断向前发展的立体时空。具体来说，是随着雄狮少年阿娟自我意识的觉醒层层递进的。起初，阿娟舞狮的动机与阿猫阿狗并无二致，他们只是为摆脱他人偏见而将舞狮视为"救命稻草"。舞狮于他们而言，是一个遥不可及的梦，是一份获得尊严的希冀。接着，突如其来的家庭变故使人物突破了成长瓶颈期，阿娟在广州打工谋生的叙述既是真实人生困境的书写，也将人物置入新的成长周期。几乎被生存重担吞噬的主人公亟须以雄狮作为信念，将他从暗无天日的生活陷阱中解救出来。当站在桥头远观舞狮赛的阿娟转头望见被他丢弃的狮头位处高楼俯瞰众生时，他又一次更确信、坚定地找回了自我。

阿娟突降比赛现场，忍着脚伤跳完一个个梅花桩后，良久注视着高耸的擎天柱，并最终决定奋力一跃时，他已迈入了自我觉醒的新阶段，向着更高层次的目标接续追索。这无疑是舞狮文化的新跨越，也是少年自我意识的真正开悟。

一部优质影片的呈现固然离不开价值层面的创新，也同样需要新技术的包装。且不论片头介绍舞狮历史的轻灵水墨动画，单看场景建模与光影特效下以陈家村为代表的怡人岭南风光和比赛现场庞而不杂的布景道具、跌宕起伏的比赛经过、各路人马争先恐后之浩大声势、舞狮动作之传神流畅……都极为精雕细琢，令人身临其境。

不得不点赞的是阿娟在天台上的一段独舞。从万物沉睡到城市苏醒，从阒寂夜晚到破晓黎明，从一人独舞到街道上车水马龙的景象，编导巧用蒙太奇将现实主题与浪漫氛围拼贴得严丝合缝，展现了堪称精湛的专业功力。

此外，影片中多处背景音乐运用也令人惊喜，多首传唱度极高的粤语歌曲均与影片高度贴合。当《世界始终你好》的旋律响起，《雄狮少年》对周星驰风格的模仿便不再是学其形却不能具其意的浅表效仿，而是在相同岭南文化背景下一种深入影片叙事肌理的仿拍与追求，完成了对周氏活力与气韵的传承。

所谓守正创新，是用跟上时代步伐的力作开拓艺术新境界。从这个层面来讲，《雄狮少年》虽存在玩梗落俗、框架老套、人物造型欠妥等缺陷与争议，但较之传统 IP 制作，其敢于结合当下开拓新议题的精神，以及兼具筋骨与温度的匠心打造，无疑已是国漫史上跃向"擎天柱"的一步新跨越。

2021 年 12 月 25 日

《李约瑟和中国古代科技》:
一面科技文明之镜

关于中国古代科技,人们惊叹于它精妙绝伦的工匠技艺,也为它错过工业革命快车而惋惜。由央视科教频道《探索·发现》栏目承接制作的纪录片《李约瑟和中国古代科技》通过人物传记的叙述模式,以西方学者的"他者"视角走进古老的东方科技文明,带观众迈入一场跨时空视听之旅。

该档纪录片分《到中国去》《先生之风》《文明高地》《神奇创造》《书写中国》《人去留影》六大主题,以英国科学史学家李约瑟与中国传统科技的结缘历程为经线,以彼时战火纷飞下的时代风貌与人物掠影为纬线,择取千余张未曾公开过的珍贵历史相片,从上千份李约瑟生前的日记、笔记、手稿中挖掘出独家史料。在李约瑟研究所与中国科学院自然科学史研究所的学术指导下,该档节目试图站在历史与人性的高度,通过科技映射社会,又由社会映照文化,呈现中华文明绵延不绝的精神根脉。

在一沓沓李约瑟研究所图书馆的泛黄老照片中,璀璨的东方科技文明尽数显现——

由北宋苏颂与韩公廉发明的水运仪象台一度被人遗忘,李约瑟却将其誉为"来自天国的杰作",肯定了这台精巧机械在天文仪器和机械学领域的国际地位;古老的敦煌壁画与雕塑在战火下鲜有人问津,李约瑟流连辗转于洞窟之间,通过考察细节发现文明古国的科技应用;筒车、龙骨车、羊皮筏子、水力驱动的石碾等司空见惯的器物,在李氏手中均有大量文献资料和考证;古时的算盘、敦煌星图、水密隔舱等核心技艺,通过李约瑟的镜头成为辉煌中华文明的具体写照……李氏用三年时间游历了抗日战争时期大后方的十个省份,访问二百九十六家科学机构,终写成数十万字的巨著《中国科学技术史》,填补上该领域的空白。同样地,节目摄制组历时两年远赴英国,采访了剑桥大学汉学、生物学、科技史学等领域的多位院士与教授,走遍多位知名学者生前使用的办公室,才深度还原了李约瑟的八次中国之行,并借这位外国学者的眼睛洞悉了中国长达上千年时间,地跨东南沿海和西北内陆的全面科创风貌。

李氏内容翔实的资料收集和节目组孜孜以求的探索精神注定了这是档探寻历史足迹、深耕文明细节的品质节目。且不论李氏笔记中密密麻麻被称为"火车轨道"的思维导图所蕴含的学术价值,该片对一些极微小的考察细节也有充分解读。譬如,节目所录梁思成绘画小品中那碗西红柿蛋汤旁写着的"希望在胜利后,能喝这样一碗"字样,可见这位建筑学家困苦境遇下的生活情趣与信念。再如片中谈到《中国科学技术史》的封面是一群拿着矩尺等科学工具的神仙,在形式上暗合了书的编写内容。还有,李约瑟为写书曾用坏三台打字机,以及在编写农业篇时遭遇原定人选石声汉去世的变故等波折,都用原汁原味的细节向观众呈现了坎坷但丰富的编书历程。为了更清晰地再现中国科技发展的往昔记忆，纪录片综合运用影像资料、老照片、实地拍摄、人物采访等多种方式，创造性地融入手绘水粉与水墨动画，在精巧的视听架构中书写李约瑟的访华历程，在艺术化的表达中彰显中华民族源源不断的科技创造活力。

在该片生动细致的讲述中，我们得以窥见彼时兼具意志与傲骨的中国学者群像。因身患脊椎病，靠穿上铁马甲才能坐直的梁思成在病榻前笔耕不辍，并在妻子林徽因协助下完成了《中国建筑史》《图像中国建筑史》两部扛鼎之作；家徒四壁的童第周、叶毓芬夫妇带着学生在荷塘和稻田里捉青蛙来做实验；最初与李约瑟见面时火药味十足的傅斯年之后成为与李氏惺惺相惜的至交……李约瑟仿佛一架横亘中西的桥梁，在他与中国学者交流对话的过程中，我们看到了昔日先贤勤勉坚毅的精神面貌与朴素高尚的家国情怀，也看到他们用初心与刚毅拨开了笼罩在硝烟战火下的阴霾。

在科技成果层出不穷、科技强国建设成效渐著的当下，纪录片《李约瑟和中国古代科技》如同一面他者视角下用以审视自我的明镜。它既是一份对勇攀科技高峰的前辈学者跨越岁月的致意，也是对新时代下科研工作者乘势而上的鼓励，还是当今构建人类命运共同体议题下中西方文明互鉴的一大见证。

2021 年 12 月 28 日

《输赢》：商战剧当走向"落地"

　　一部优秀的商战剧，必然能驾驭好不同商业阵营间"开火"的分寸。热播电视剧《输赢》试图凭借不错的原作基础和豪华的演出阵容为观众呈现一份"惊喜"。可惜，力道有余而细腻不足的剧情设计使该剧"高开低走"。

　　剧中，素有"南周锐，北骆伽"之称的技术派销售周锐（陈坤饰）与销售女王骆伽（辛芷蕾饰）分属捷科和惠康两家存在竞争关系的公司，不巧在争夺 O&T 公司业务订单的过程中狭路相逢，擦出爱情火花。该剧以周、骆二人"相爱相杀"的职场故事为主线，以老一辈销售陈明楷、林振威、刘丰，销售骨干魏岩、杨露、肖芸，还有新生代销售方威、孔乐乐、崔龙、贝爻爻等三代职场人的情感纠葛与观念争执为辅线，折射出一幅当代商海交锋画卷。剧情在振奋人心的旋律与干脆利索的人物对话中展开，贴合了生意场上争分夺秒创造业绩的现实，也赋予全剧一种带感有劲的节奏。

　　男主周锐，生性洒脱兼有痞气，用招险怪却往往出奇制胜，令人眼前一亮；女主骆伽飒爽利落，气场全开，亦是当仁不让的金牌销售。二人既是对手又是情侣的双重身份是该剧一大看点，工作中的针尖对麦芒、私下的斗智斗勇，都为这段关系增添了一份棋逢对手的意味。置身于火焰与海水交融的相处模式中，固然有争吵，有矛盾，却也有感动，有温暖。当然，这不仅体现在主演身上，形象立体、风格鲜明的一众配角也为该剧增色不少——为谋利益不择手段却身患双相情感障碍的"两面派"魏岩，极擅察言观色却行事幼稚冲动的"毛头小子"方威，老谋深算却跟随潮流做健身直播的"老狐狸"林振威，放浪形骸惹出祸端的"二世祖"刘宇凡，还有恬不知耻但目光长远的"小花脸"曹天佑……各自身怀法宝，却各有各的毛病，可谓全剧一盘菜，角色无短板。值得一提的是，剧中商海浮沉之地并非男性专属，也为女性留出了一席之地。且不论如今在商界呼风唤雨的骆伽，还有商场卖鞋出身的销售孔乐乐、身怀六甲仍坚持与客户应酬的肖芸，以及善用优势崭露头角的贝爻爻，无不是职场一把好手。当然该剧最亮眼的女性配角无疑是经营酒吧的小老板唯姐。她立下"莫谈生意，只聊人生"的规矩，在众多商业精英面前谈笑风生，看似对公司事务不闻不问，但一到惠康收购捷科的节骨眼上，这位上一代的销售女王能立马预见行业未来，果断提出将自身所持股份转让给周锐，不可谓不敏锐！

　　出彩的角色定位与合适的选角照理是精品剧的制胜法宝，《输赢》却因逻辑欠妥、情节悬浮而浪费了这一优势。剧情伊始，周锐的师傅陈明楷派他北上收拾"烂摊子"的"逆袭"剧本、捷科公司内忧外患的处境，以及男女主同行恋爱矛盾丛生的设定均是当今职场现状的真实写照。然而，编导只是大而化之地设计了情节走向，却没有将这份真实落到每一处场景、每一个细节上。

例如，为体现男主的不羁个性，剧中安排周锐在评标会上一把火烧了原本的项目书，这既不符合办公场所禁止明火的规定，也不符合周锐遇事沉着、决策缜密的人物设定。再如为了表现方威找客户时穷追不舍的韧劲儿，安排富二代刘宇凡在大雨中披着雨衣锻炼，而方威淋着雨和他谈项目，也有夸张之嫌。还有，在O&T让捷科与惠康两家公司进行技术测试时，周锐为了延时提高胜算将骆伽关进杂物间，但惠康的所有人马在联系不上主事人的情况下仍旧原地等待，没有一人出门寻找，也同样不合常理。此外，方威明明可以向周锐借钱说出苦衷，却不惜冒着触犯法律的风险仿冒周锐签名、绑架刘宇凡，还在周锐庇护下全身而退，更是明显的剧情漏洞。

一部高质量的剧作不仅要有贴近现实的大框架，也要深耕细节，在剧情的推敲与演员的举手投足间彰显现实质感，弱化商战剧的悬浮弊病。因此，对于《输赢》，称赞者有之，批评的声音亦不在少数。编导若是能在细枝末节处思虑更周全，拍摄更用心，取材更生活化，商战剧才能真正从"悬浮"走向"落地"。

2022年1月21日

《李白》:"诗仙" 及其诗魂

提到李白,闪现在人们脑海里的均是绚丽夺目的词汇——他是在纸上构筑山川河流的测绘师,是个体意识永不衰竭的精神贵族,也是将个人感觉、记忆和现实想象力停滞、凝结于诗歌丛林的梦想家。正是这位似恒星般耀眼的人物,却度过了努力挣扎向上的一生。纪录片《李白》以全新视角向我们展示了身处社会底层的诗人李白与命运顽强抗争的一面,匠心独运,带给观众别样的视觉体验与心灵享受。

纪录片《李白》通过精简的《少年行》《天下意》《忘情游》《归去兮》四集,择取一个普通生命的高光瞬间,并以之为剖面,相对完整又有所侧重地勾勒了人物从少年天才到巨星陨落的传奇一生,让"诗仙"真正走入凡间。

诗仙祛魅,还原真实人生

诗歌是解锁李白人生最直接也最真实的钥匙。该档纪录片避免选用晦涩古文,只以几首家喻户晓的名篇作为叙事的放射点,触角向四面八方延伸，将诗人读书漫游、赴京求仕、入仕长安、赐金放还等人生阶段串联起来，在增强观众文化共鸣的同时，更易形成社交传播，衍生话题。片中，李白诗才的夺目与挣扎的现实人生穿插融合，交错并进，在"诗"与"人"的层层递进中透出生命的光辉，借诗句传达人物在面对人生困境时的获解之道。

《蜀道难》曰："地崩山摧壮士死，然后天梯石栈相勾连。"这样强大的力量冲撞背后，是李白欲为盛世效力却因触及唐代官僚体系之暗礁而不得的坎坷政治生涯。片中多次切过奇怪险峻的蜀地地势，借多位名教授之口解读《蜀道难》背后的故事。在蒙曼看来，李白带着深邃热烈的生命力，从蜀地不远万里来到长安，却无力摆脱命运捉弄，他崎岖险恶的入世之路正如同蜀道之难。曲折详尽的背景交代与深入透辟的诗句研读将《蜀道难》放入一个浩瀚的历史时空，使自然山水之奇与人生经历之难融为一体，释放出奇绝力量，正如片中李山教授所说——"没有任何一个诗人的力度，达到李白这种强度。"同理，无论是《清平调》反映的大唐繁荣气象与文化自信，还是《月下独酌》背后"李白以国士自诩，玄宗以文士待之"的深切孤独，抑或是《将进酒》对时空的缩放、对人生的感喟，该片均对诗句背后的诗人生命体悟有所观照，沉浸式地将观众代入李白视角，条分缕析地读出诗人惊世诗才背后的巨大失意。

纪录片从李白的人生经历中择取诗人在李邕被害入狱后为其发声、彻夜守护好友吴指南尸首、与贺知章饮酒谈诗、安史之乱中被永王纳入麾下等事迹，并以诗篇为参照，在对"诗仙"祛魅的过程中进一步读懂李白诗，读懂作为普通人的李白纯净高尚的人格与挣扎入世的不懈追求。诗人在面对岁月焦虑、功名理想、孤独心境等困境时呈现出的追寻快乐、体认自然的生命意识，是他在遵循内心情志法则的前提下，通过对生命情状、体验、感悟的感性揭露和理性思考，对"诗"与"人"进行双重维度上的尊严维护，还观众一个本真、纯粹的"诗仙"。

诗韵彰显，打造精品质感

一档纪录片的"出圈"，不仅在于内蕴的丰盈真实，更在于编导以何种场域和形式采撷素材，打造精品质感。如果说《李白在安陆》《李白在安徽》等纪录片只聚焦于李白人生的一个阶段，那么该片则完整统摄了诗人漫长的一生。摄制组在拍摄过程中先后前往成都、江油、扬州、济源、安陆、当涂、西安、横店影视城、象山影视城等地采景，并远赴英国威尔士、日本东京等地走访拍摄十余位专家学者，在有限的时长里聚焦诗人生活细节，通过大量史料分析和现实调研，大浪淘沙，道出身为凡人的李白身处江湖时的政治理想和位居朝堂时的挣扎、艰辛。

在叙事上，该片兼采情景演绎叙事与专家点评相结合的形式，一方面以时间轴和地域更换作为主要枝蔓，全方位叙述李白从故乡青莲到盛世长安的人生历程，另一方面以知名学者的点评补苴罅漏，将画外音无法涉及的人物心理活动予以呈现。与《百家讲坛之李白》相较，叙议结合的形式使此片不局限于单调的讲授与古籍的研读，而是以极佳的声色效果打造了一场视听觉盛宴。同时，蒙曼、李山等点评人意见领袖的角色定位使该片采《百家讲坛》栏目之长，制造了相当的话题和流量。值得一提的是，该片对李白经历的呈现以充满结构张力的叙述取代平铺直叙式的陈述。例如《千古风流人物之李白》与本片均谈及贺知章"金龟换酒"的美谈。不同的是，前者倾向于文化科普，从李白与贺知章的交情讲起，娓娓道来，最终以贺知章换酒的豪情之举彰显他对李白的赏识；后者则从金龟这一物件入手，从学术角度将其与虎符等象征权位的物品进行比照，通过物的贵重侧面反映贺的惜才与李诗才之耀眼。这在制造悬念、引人入胜的同时也赋予了该片一定程度的学术价值。

当然，纪录片精美的古风制作与巧妙的构图也是它屡获佳评的制胜法宝。写意的情景再现与 CG 特效技术（利用计算机图形学技术制作出的视觉效图，应用于电影、广告、游戏等领域中）的使用在虚实之间打造出大唐自由、绚烂、包容、奔放的美学特质——在各地方言诵读李白诗的镜头切换中，我们读到诗人随时随地作诗的才华横溢；在梦笔生花的唯美意境中，我们可以想见名满盛唐的人物风流；在屏风后以光影效果制造的剑影与独舞中，我们窥见诗人旷渺孤独的不羁灵魂与光风霁月的人格操守。此外，还有漫天飞雪的终南山冬景、长安城内鳞次栉比的宫殿群，以及竹林中的饮酒赋诗，无一不带有独属于盛唐的瑰丽壮阔、浪漫奇绝，为观众留足了想象空间。

诗魂不朽，映照文化理想

山川林壑、历史斑点、美酒佳肴，均能使李白内心涌起潮汐，并生发出一次次回响。纪录片《李白》对此的叙述不是隔着历史云烟向过往时空的眺望，而是在一场与诗人胼手胝足的行旅中，呈现其心理构造与精神世界。片中讲李白与杜甫的友谊，是通过一首首互赠的小诗表明心迹；讲永王部下三次邀李白入麾下，有前述李白对仕途的灰心做铺垫；讲魏万对李白的千里追随，是因仰慕其绝世诗才……当这些传诵千古的故事随着一幕幕景观迎面走来，我们得以窥见那个遥远又灿烂的盛世。

当下，传统文化守正创新的自觉性与坚定性不断增强，盛世文学之于我们不再是藏匿于故纸堆中的久远想象，更是一种敞开的，面向未来、面向世界的有生命的文化。在谈及李白诗对当下文化的影响时，该片讲到雕版匠人刘坤毕此生心血雕刻诗句，也讲到远在英国的威尔士民谣歌手葛瑞斯·波尼洛改写《将进酒》，以激情摇滚乐与豪情李白诗的碰撞形成文化传播，还讲到被翻译成四十多种语言的《静夜思》跨越时空架起人与人之间心灵的桥梁……由此，李白对蹉跎仕途的嗟叹、对人格尊严与心灵自由的追求已不仅限于个人的精神扣访和自我盘诘，更是同属于全人类的精神命题。

李白的一生是屡战屡挫又屡挫屡战的一生。他一时悲怆的情绪往往能化为雄浑磅礴的生命力量。他试图把握自身命运，打破生命的有限性，在抗拒命运、追求生命价值的无限中获得极致而悲壮的精神意义，找寻到理想与现实的归宿。对于当代读书人而言，纪录片彰显的不朽诗魂未尝不具有强大的精神感染力与引领力。当一首首随心而至的诗句由远及近、由古向我，我们读到的诗句不再是如花前月下、岁月静好中的吟诵，而是将诗人一腔椎心泣血的诗意与观众的命运联结在一起，成为千百年来华夏儿女历经沧桑、尝遍悲苦却依然不断高歌、不断感动、不断奋发的不屈灵魂的真实写照。

因此，如果说"诗仙"李白用一首首传世名篇走出了一条奇绝道路，那么纪录片《李白》则以艺术化的表达展现了李白挣扎的一生与其不灭的人生理想，为中华传统文化的守正创新铺就了一条发展之路。这条路有"欲渡黄河冰塞川，将登太行雪满山"之艰难，有"黄鹤之飞尚不得过，猿猱欲度愁攀援"之险隘，但它所指向的，是无比辉煌、辽阔与雄浑的星辰大海。它积淀着当代学者深层次的文化追求，蕴含着中华儿女生生不息、奋起直追的灵魂滋养，还容纳着中华民族在世界文化激荡中站稳脚跟的精神根基。

2022 年 3 月 13 日

《追爱家族》：解锁家庭幸福密码

　　近年来，家庭题材的电视剧爆款频出，从呈现个体在原生家庭间挣扎的《都挺好》，到见证四十年社会变迁和人物命运起伏的《人世间》，再到围绕姑嫂关系主轴扩写时代生活的《心居》，这类题材普遍引起了观众的热议。

　　相较之下，近期播完的《追爱家族》无论口碑还是流量均难以与前述诸剧匹敌。不过，该剧试图以全新视角为观众呈现当代家庭生活图景，在同类型剧集中是一次大胆的尝试，再加上轻快的节奏，增加了这部剧的可看性。

　　《都挺好》里蛮横无理的苏大强、《三十而已》中窝囊软弱的许幻山，这两个男性角色都向观众印证了一部家庭剧的成功取决于丰满的人设而非强行推动的剧情。

　　《追爱家族》的主创深谙这一法则，去除了现代家庭剧中夫妻"互啄"和婆媳姑嫂斗智斗勇的套路，以男性视角叙事——父亲齐国盛通情达理、儒雅和善却对小儿无原则宠溺，致使齐天年近三十岁仍想卖了父亲的老房交翠绿豪庭的首付；"窝里横"的齐天心无城府却单纯善良，为无家可归的徐小沐分忧找房子；纨绮浮夸的梁大威年轻时风流不羁，却是十足的"女儿控"，为了给叶敏怡攒嫁妆存下自己的每一笔收入。可以说，剧中的这些男性角色被塑造得有血有肉，鲜活立体，颇有看点。

不过，该剧最具看点的男性角色无疑是双胞胎"佐佑兄弟"——原本现世安稳的齐天佑厌倦了按部就班的生活，在初恋驱使下改头换面，不仅穿上破洞牛仔裤开起越野车，还离婚、辞职，过上随性的生活。而一向追求自由的齐天佐一改在感情中找寻灵感的做派，与叶敏怡火速成婚，选择回归家庭。兄弟俩追求各不相同，却在无形中交叉轮回，绕着婚姻这座"围城"开启"追爱"之旅。

无论是年轻群体的"啃老"，还是大龄青年闪婚现象、中年夫妻的离婚和复婚，均是当代婚姻生活的现象级议题。对此，该剧采用显微镜式的呈现方式，对涉及当代家庭生活的社会议题予以深入挖掘和真实展现，对人物内心的渴望与挣扎进行全方位无死角的披露。

剧中的齐天佑一边厌倦前妻肖楠的世俗与强势，一边却因听不到她均匀的鼾声而辗转反侧不能入眠，与肖楠吵架后，他欲摔门而走却最终轻轻合上门的举动既符合一位高知的修养又流露出内心不忍；齐天佐看似自由散漫无所牵挂，但得知叶敏怡有追求者后枕上留下的泪痕却在无意间"出卖"了内心情感；有着高情商、智商的肖楠看到前夫齐天佑与初恋逛街闻香水的一幕后却无法抑制地当众爆发，眼中噙满的泪水和撕心裂肺的吼叫是她心碎的见证。

从这些角色中，观众或许能找到共鸣感。

虽然《追爱家族》的剧情由家长里短、鸡毛蒜皮的小事编织而成，但是基调却并不沉重，剧中随处可见的喜剧元素调和了发人深省的深沉话题。作为一部接地气、有温度的电视剧，它开启了解锁家庭幸福密码的全新方式，向观众传达了不断追寻美好生活的愿景，对家庭剧模式的创新有许多经验值得研究和借鉴。

2022 年 4 月 17 日

《一个人·百座桥》：
为古桥打上专属"烙印"

　　有人家之处就有桥。在古代，一根藤条、一块板砖、一棵被风吹倒的树，便能引渡过往人流，实现人类最早期的智慧跨越。现如今，古桥于人们而言，更是一种特殊的情感标识与文化印记。中国古桥委委员、古桥摄影家吴礼冠痴迷拍摄古桥十余年不间断，一直以时不我待的紧迫感和舍我其谁的责任感立志拍遍全国古桥。纪录片《一个人·百座桥》是以吴礼冠先生走过的古桥为载体，串联起"一砖一瓦有历史，一桥一木有故事"的吴氏专属古桥记忆。

　　相较于系列纪录片《河南历史文化博览》中的《古桥》和以广济桥为主要拍摄对象的《心志之桥》等其他同类题材纪录片，本片并未将视角局限于单独一座桥，也不仅限于讲述古桥的兴毁史，而是将"人"与"桥"的命运紧密联系在一起，在"一个人"与"百座桥"的对话中折射岁月变迁与文明更替。当年逾古稀的吴礼冠用十六年时间走过二十三万公里，足迹遍布二十六个省份，记录下六百多座古桥，呈现在观众面前的不再是一部纯粹的古桥科普片，而是一段段积淀着厚重历史与深沉热爱的古桥故事。

　　拱桥、浮桥、梁桥、廊桥、索桥、汀步桥……形态各异的古桥背后，是古人高超的营造技艺。纪录片采取人物采访与画外音结合的形式，向我们展现劳动人民的匠心和智慧——在拍摄闻名遐迩的广济桥时，该片从桥的创建年代谈起，对廊桥、梁桥、浮桥三种桥梁形式分别予以介绍，最后道出这座被桥梁专家茅以升誉为"世界上最早的启闭式桥梁"的巧妙设计，即闭合时能让车辆和行人通过，打开时可以让出航道、增加泄流；谈到赵州桥，重点介绍独特的"敞肩拱"结构和砖上的刻字，彰显了古桥堪称独步的装饰工艺，同时从桥与环境的关系、桥的文化内涵多角度呈现桥梁全貌。片中远近景的切换、俯仰拍的技巧，还有适时响起的粤语提示音，向我们呈现了一幅内容翔实、视野开阔的古桥百景图。

　　当然，片中人与桥的连接不仅在于筑桥的匠心，更在于修桥的坚守与传承。不管是吴礼冠当铁道兵时在施工连队修桥梁，连干三十六小时挖基坑、立模板、浇筑桥墩，于湖北均县六里坪架设铁路大桥，还是绳墨曾家在台风"莫兰蒂"将浙江泰顺县的薛宅桥、文重桥、文兴桥三座桥梁损毁后，竭尽全力抢运因洪水散落的木料，顺利修复廊桥并推出"廊桥出海"行动，或是福建镇安桥突然起火，廊桥被烧毁大半后，生活并不富裕的村民们募捐善款三百余万元修复廊桥，并重订护桥规章，推选护桥员专门负责廊桥的保洁与巡查，都是人对古桥惺惺相惜、与古桥风雨同在的见证。可以说，古桥的修复既凝聚了人心，也续记了乡愁。修桥不只是一种行为过程，也不只为积德行善，更是一种精神血脉的传承，一种民族文化的发扬。正如茅以升在关于古桥的笔记中写道："人生一征途耳，崎岖多于平坦，忽深谷，忽洪涛，幸赖桥深以渡。桥何名欤？曰奋斗。"

　　一座古桥，连通着流水人家，也联结着民族记忆；承接着沧桑过往，也书写着永续常新。如果说桥的作用是一种连接，那么吴礼冠所做的，是在人与古桥间建立一种情感连接。而纪录片《一个人·百座桥》的呈现，则是在吴氏古桥故事与观众之间搭建起新的文化连接。正是因为一个个这样的"连接"，我们才能在持之以恒的发现和探究中积淀起中华文明深沉厚重的文化自信，才能在一座座古桥的守护和修复中架构起一座中华民族连通过去与未来、现实与梦想、民族与世界的精神桥梁！

2022 年 5 月 15 日

《新居之约》：人文书写仍需推敲

　　对安土重迁的中国人而言，住房问题一直是人们关注的焦点。一块砖、一片瓦承载着整个家庭的喜怒哀乐。在影视剧领域，从早些年引发观众热议的《蜗居》，到讲述房产中介职场故事的《安家》，再到以姑嫂关系为主轴展开的《心居》，都是聚焦"房子"主题创作的热播剧。在前述诸剧珠玉在前的情况下，近期播完的电视剧《新居之约》试图打破窠臼，追问"何为理想的房子"这一根源问题，折射出当代人对住房问题新的解读和领悟。

　　该剧以包工头杨光（潘粤明饰）和家装设计师陈曦（王鸥饰）"不打不相识"的经历为主线，讲述二人联手为客户打造理想房子的故事。剧中，面对乱象丛生的家装行业和赢家公司内部错综复杂的利益关系，男女主角坚守原则和底线，做良心装修，正如二人名字的谐音"阳光"和"晨曦"那样，赋予该剧温暖明媚的底色。

　　住房题材电视剧想推陈出新，新颖独到的角度至关重要。《新居之约》聚焦与民生问题息息相关的家装行业，向观众呈现了从生产厂家到供应商、装修公司，再到形形色色客户的全景式生态链。剧中，揭示了家装行业用橡胶木材料替代橡木以次充好、用鱼肚白岩板假冒鱼肚白大理石、刷墙时在第一遍泥子没干的情况下刷第二遍导致墙皮开裂等乱象与陷阱。随着以行业竞争、设计施工为主线的叙事层层深入，不同站位视角的利益诉求得以显现——家装设计师追求作品的美观独特，而客户对居住环境有人性化需求；家装公司追求利益最大化，而业主想得到性价比高的家装；监理对房屋装修质量有高要求，施工队却为求速度尽快完工……在对各种现实矛盾原汁原味的呈现中，该剧使观众对家装业有了窥一斑而知全豹的深度认知。

现实主义题材创作要走入观众心里，既要窥见"痛点"，又要予人希望。那么，《新居之约》在诠释这份"希望"时，能否逻辑自洽、自圆其说呢？窃以为，剧中对"人"的书写仍存在较大提升空间。拿男主角杨光举例。如果说他身为已故师傅的养子，供养师母女儿宋晓雨上大学、接济师傅留下的老员工福根和四叔等"善良"设定尚可接受，那么他在一个素不相识的水电工上门要债时二话不说打了欠条，因为替接私活的工人"背锅"而被迫进赢家公司工作，将赚来的辛苦钱给师妹买奢侈品包等情节则显然超出善良范畴而有"老好人"嫌疑。再如女主角陈曦，剧中为呈现轻喜剧式的解压风格，将女主塑造成不食人间烟火的高冷形象，让她与男主相遇时常常斗气、互怼，营造幽默、搞怪的氛围，这在情理之中，但女主一言不合就给客户"甩脸子"、穿着精致的高跟鞋去工地、路上被车剐蹭却为赶时间倒贴钱、装修时全无生活常识等设定均使人物缺少真实感。还有身为豪门继承人的景宇衡在得知杨光和宋晓雨的师兄妹关系后，竟为了赌气将原本看不入眼的宋晓雨带回家中，还提供购物、还债、包养等"一条龙"服务，也明显不符合一位意气风发的海归精英的形象设定。

此外，该剧为推进剧情，情节存在诸多不合理之处。譬如宋晓雨不想赴上司蔡云峰的约，特意打匿名电话叫来蔡云峰妻子，蔡氏夫妻却并未追究电话来源，宋晓雨也没暴露，显然不合逻辑；再如蔡云峰靠查到景宇衡与宋晓雨的"私情"就能掩盖自己之前犯下的错，在赢家官复原职，也十分不合常理；还有该剧结尾处，编导似是为了兑现"善恶到头终有报"的传统价值理念，强行搬出上一辈的错误让景宇衡"破产"，潦草结尾，仓促收场，也不够用心。

总之，作为一部讲述"家与幸福"真谛的电视剧，《新居之约》聚焦家装行业的选材和通过一个个家装案例折射现实的巧思都是值得肯定的。但是，如何讲好家装背后的人文关怀，如何体现每一户家庭的烟火气，仍是该剧在轻喜剧外衣包裹下，需要深入思考的问题。只有认真推敲每一处剧情、雕琢每一个人物，住房题材影视剧才能真正冲破钢筋水泥铸就的藩篱，带给观众迎难而上的信心和拥抱生活的勇气，弘扬正向价值观。

2022 年 6 月 16 日

《人生大事》：温情叙事与厚重内核

在影视行业，冷肃沉重的主题往往因票房惨淡不受编导青睐，死亡更是国产电影中讳莫如深的话题。由刘江江执导、韩延监制的影片《人生大事》大胆聚焦殡葬行业，凭借稀缺题材和纯熟演技获得了首日票房破四千万的佳绩，引发热议。

影片讲述了男主莫三妹（朱一龙饰）继承父亲开的殡葬店"上天堂"，在一次出殡中遇到小女孩武小文（杨恩又饰），经过和她一段时间的朝夕相处，改变了自己职业态度与人生观念的故事。在众生喧哗的语境里，刘江江试图以孤寂却不失浪漫的语调向我们传递他的生死观。

以小人物托举"人生大事"

每一部文艺作品都沉淀着创作者过往记忆的影子，《人生大事》也不例外。祖上从事殡葬业的导演刘江江依据生活经历塑造出刑满释放后遭遇"中年危机"的底层人物莫三妹。寸头、大金链子、花衬衫，演员朱一龙一改往常温文尔雅的荧屏形象，将一身痞气的小混混演绎成兼具野性与温暖、粗犷与细腻的矛盾调和体。武小文自称"老子"的做派、打麻将的爱好也与其稚气未脱的脸形成巨大反差。多元化性格使人物形象富有张力，失意中年大叔与可爱小女孩的对手戏又使影片"闹剧"频出，增色不少。

本片角色设计的高明之处不仅限于此，还赋予人物成长的层次感。当莫三妹面对曾抛弃自己的前女友上门求助，忍住呕吐帮她缝合被车碾碎的老六尸体时，他内心的仇恨已化作满腔悲凉；当他看到离家出走的小文找回来，喊着"爸爸"与他相拥时，终于意识到自己将小文还给亲生母亲的决定有多自作主张；当他将父亲的骨灰做成烟花放上星空时，他不再是以往那个与父亲争吵拌嘴的"不孝子"，而是一位让死亡变得浪漫的艺术家……在一场场生离死别中，莫三妹从冰冷走向柔软，从自暴自弃走向心怀希望，从随性不羁变得心存敬畏。

在人物成长过程中，几处道具的运用颇具亮点——被画满涂鸦的骨灰盒是莫三妹接纳小文的开始；用坏的手表为男女主从对立走向依偎提供契机，片中三妹用彩笔在小文手臂上画手表的细节和他拿表到处找人修的长镜头尤其彰显温情；会说外婆话的玩具"豆角"是三妹学会表达爱的见证，也是小文找回心灵归宿的象征。

笑泪交织的碎片化叙事

《人生大事》最动人处莫过于予人笑泪交织的情绪体验。编导深谙引人入胜的观影节奏，在情节上把握了严肃与轻松的互补。一方面，一场场葬礼为影片打下深沉肃穆的基调；另一方面，男女主的亲情与片中不时出现的笑点冲淡了丧葬带来的悲痛氛围。

比如小文给骨灰盒涂鸦事件。莫三妹假装小文是自己孩子以博取死者家属同情，成功做成一笔生意，以及小文在骨灰盒上画画等情节均具谐谑意味；之后，当死者家属看到和女儿年龄相仿的小文，忍不住抚摸她的脸颊，抱着她痛哭时，观众很难不为之动容；最后，当死者家属坚持把钱塞到三妹手中，称"这是给孩子的"时，父母之爱溢于言表。至此，笑与泪形成了一条完整的治愈链。

此外，影片还有多处细节用到笑与泪的调配。比如小文出场时总拿着一杆红缨枪，颇有几分"小哪吒"霸道蛮横的架势，令人忍俊不禁。而她结识三妹后，常常由三妹背着红缨枪，是编导特意用自然流露的亲情打动观众。再如三妹与小文刚认识时总是自称"老子"，到了要将小文送回去时已改了言行，一句"你不会忘了我吧"，让人不禁哽咽。

不过，这种笑泪交织的叙事风格并非由一条主线贯穿始终，而是由不同"丧事碎片"拼接而成。小文姥姥的去世、活人的遗体告别仪式、男主二哥和父亲的死亡、前女友丈夫的车祸……几条线索凑在一起，"一波未平一波又起"的快节奏使影片中出现的"泪点""笑点"与"转折点"连成一条完整的链路。

沉重题材犹待深度锤炼

电影《人生大事》以武汉为取景地，贯穿全片的地道武汉方言为观众带来原汁原味的行业风貌。该片的前身，是导演刘江江在2019年平遥电影节上的入围作品《上天堂》。影片公开上映后，选用《种星星的人》做片尾曲。由此可见，导演拍摄电影的初衷，是全方位展示中国丧葬文化。

题材的选择直接影响作品深度。在影片叙事中，导演既能驾轻就熟地运用大叔萌娃、普通市民、传统行业、父女亲情等母题抓住观众眼球，也能集百家之长选择"齐天大圣""哪吒"等中华传统文化符号，用这些敏锐捕捉到的元素增强观影体验。当然，若影片能在此基础上有更多时间做情感延宕，留给观众回味、反思的空间，《人生大事》的深沉宏大的叙事内核将"更上一层楼"。

　　一部优秀的电影并非不能包罗万象，甚至能在多条线索下勾勒错综复杂的故事。当然，这需要精细的编排，任何一条线索的崩坏都易造成杂乱无序的观感。对《人生大事》而言，殡葬行业是影片中心，莫三妹与武小文的"父女情"则是沉重主题下的调节剂。可惜的是，电影后半部分小文母亲的出现，三妹与小文的分离和重逢，三妹接纳小文母亲来"上天堂"做殡葬师等安排，让"父女情"占了较重的分量，导致影片中心略显偏移。即使三妹父亲临终前有"人生除死无大事"的金句，也更像一句穿插其中的格言，而非总结全片的要领。还有莫三妹一脸严肃地喊着口号抬棺材下楼梯，以及影片结尾处一行人坐在"上天堂"门前看星星这两幕，若能进一步细化处理，生死主题将被进一步深化。

　　电影《人生大事》选用影视业鲜少涉及的冷门题材，是国内影坛的一步新跨越。而如何在开拓新议题的同时深入挖掘生死内核，是导演刘江江面临的一大考题。唯有将冷僻的选题演绎成美丽与丑陋、轻松与沉重、欢乐与伤感的深度融合，影片才能绽放魅力。将故事讲好，将主题点透，不被看好的冷门题材方能在异彩纷呈的影坛中找到一席之地。

2022 年 7 月 3 日

《王者的独白》:"王者"的全新打开方式

古老的中华历史文明作为民族根之所系、脉之所维,往往予人厚重、宏大的印象。河南卫视播出的《隐秘的细节》《足迹》等纪录片通过解读历史文献,搜集考古证据剥去后代史官与小说家的层层演绎,还原历史本貌。相较之下,纪录片《王者的独白》另辟蹊径,以轻松诙谐的风格为历史"祛魅",带给观众全新体验。

短短六集的篇幅,每集约四十分钟的时长,导演胡婷婷将唐庄宗李存勖、明武宗朱厚照、明孝宗朱祐樘、晋元帝司马睿和隋炀帝杨广等五位颇具争议性的"冷门"帝王的生平事迹汇成一部鲜活有趣的历史文化集,一度引发网友热议。

第一人称:身份与角色的转换

不同于以往纪录片的全知视角和常规拍摄,《王者的独白》以第一人称叙事避免符号式的人物勾勒,从更人性化的角度解构帝王神秘的一生。面对朱厚照的骄奢淫逸、不学无术,该片以

"人生苦短，度过这尘世最好的法子，就是及时行乐"之独白道出帝王心声；面对后世"宽厚仁慈，躬行节俭；不近声色，勤于政事"的评价，朱祐樘坦言"只想保护自己最爱的人，维护心中最珍贵的信念"；面对李存勖好与伶人为伍的生活作风，片中本人真诚发问："我就不能有点自己的爱好吗？"平易的言语、直率的声音，让政坛上呼风唤雨的皇帝因为拥有普通人的爱好和烦恼变得有血有肉、鲜活真实。

为了让载入史册的"大人物"们真正"飞入寻常百姓家"，该片诸多细节颇显匠心。朱厚照上朝时因前一晚歌舞升平而哈欠连天，杨广向皇后状告兄长时眼中一闪而过的荫翳，太监刘瑾初出场时就私藏主人掉落的东西……人物的一颦一笑、举手投足都生动诠释了迥异的性格特征，也暗示着各自不同的命运走向。

帝王身份的转变，使观众得以站在平等立场上探究人物情感与思考。当然，这并非以偏概全的文化考量，而是以史实为基底对人物的一生展开深入剖析——朱祐樘既有励精图治、兴修水利的贤能，又有一生只娶一妻，为替妻子治牙疼病改进牙刷的专情；李存勖既是厉兵秣马以求完成父亲"三支箭"遗愿的军事奇才，又是宠幸伶人、耽于声色的政治"低能儿"；杨广虽大兴土木、劳民伤财，却为后世开创科举取士，连通南北水路……编导旨在以独白形式对历史人物予以客观评述与全面观照，为观众打造可远观亦可近瞻的个性化帝王形象。

第二空间：真实与虚拟的交织

独特的第一人称回顾性叙述，势必要求打破单一外在场域，为人物寻求多层次的心理活动空间。纪录片特别设置虚拟的"第二空间",让封建帝王们得知后世对自己的评价,并与观众真诚交流、畅所欲言。这样的处理将人物置于两大平行时空,他们既是故事的叙述者,又是故事的主角,无形间拉近了与观众的距离。

比如明武宗朱厚照,上一秒他还在朝上听大臣们絮絮叨叨,不耐烦地宣布退朝,下一秒就切换至背景漆黑的房间,他独自一人对着镜头倾诉:"我又不是父皇,规矩为何物?祖制为何物?与我何干?"再如由王敦、王导兄弟帮助登基的司马睿,对兄弟俩的态度从起初的感激到后期的忌惮。这一系列心理转变都经由"第二空间"呈现。可以说,互联网化的新颖形式既还原了历史背景,又聚焦了高光时刻,还加入了与后人"连麦"畅谈之感,令人身临其境。

纪录片对两大空间的打造颇具章法,相较于"第二空间"以全黑背景营造孤独感,第一空间的人物活动更丰富,涵盖面更广。二者结合之下,电影的质感和手法扑面而来。如第一集讲李存勖喜与伶人嬉戏,开场是一段他与伶人戴面具舞戏的唯美场景,到了结尾身死国灭之际,将第二空间的独白融入进来——"后人揶揄朕说,一生挚爱的伶人、曲乐、猎狗,凑成了朕最后的结局。人生如戏、戏如人生,谁人不是?"寥寥数语,将戏台上之热闹与戏台下之寂然合二为一,汇成一阵悲凉呼啸而来。

"这是一次非常大胆的尝试,也是全球纪录片中从未有过的。"导演胡婷婷将本次创作视为一项全新挑战。在尊重史实的基础上紧凑结构、激化戏剧冲突,是她在纪录片中意欲呈现的。

当代文艺最大的价值，是以潜移默化的艺术形式反映精神世界，塑造审美品格，引领潮流风尚。《王者的独白》通过叙述帝王的经历和独白，让我们看到"王者"身为普通人的烦恼、希望和无奈。正是这些真实躺卧在历史长河中幽微、隐秘的褶皱，架构起五千年中华文明的经络、骨架与气血，成为当今文化积淀的一部分。

2022 年 7 月 31 日

《侣行十年》：唤醒生命更多可能

爱默生曾说："人，全都是为'发现'而航行的探寻者。"自2012年以来，由张昕宇和梁红（以下简称"侣行夫妇"）主创的《侣行》系列纪录片是这句名言最具象生动的写照。作为中国第一档户外探险纪实的真人秀节目，"侣行夫妇"以自身经历为载体，将"侣行"拍成一项超越风景之外的具有创造性价值的活动，获得无数年轻观众的关注与认同。

近期播出的《侣行十年》是在之前《侣行》系列基础上，总结"侣行夫妇"十年间在世界各地的探险经历，聚焦二人挖掘珍贵故事、涉足无人之境的非凡见闻与高光时刻，并展现新时代年轻人梦想、爱情、勇气与行动力的纪录片。短短三集内容，总计不到九十分钟的时长，彰显出主创团队深切的人文关怀和高度的文化自信。

历时十年的"侣行"际遇多而杂，但《侣行十年》并非包罗万象、面面俱到，也并不局限于浅表地拍摄自然风光和风土人情，而是详略相间地记录"侣行"途中的惊险与温情，坎坷与惊喜。该片用多个"第一次"略述"侣行夫妇"十年来的成就——

零下五十二摄氏度室外露营的第一对情侣，第一队抵达切尔诺贝利辐射区中心的中国人，首次驾驶帆船抵达南极的中国团队，世界第一艘民间科考破冰船，第一个成功还原巴米扬大佛、完成乌尔古城扫描的团队……一条条数据，一帧帧实景，是二人突破自我，携手创下多项世界纪录的有力见证。该片还花费大量篇幅集中叙述"侣行夫妇"穿越大西洋和开破冰船前往南极这两次行程，使剧情不再停留于简单的事迹罗列，而是深入险途，将"侣行夫妇"面临的困难、付出的努力、受过的质疑尽数呈现于荧屏，让观众身临其境地跟随两位主角亲历千淘万漉的辛苦与柳暗花明的希望。

为拍出探险之难和团队坚定的意志力，纪录片从主客观两个角度还原"侣行"的真实图景。"侣行夫妇"带着善于发现的眼睛、敏锐的自觉体验、充满好奇的求索和追问上路，在行走中重塑对世界的认知，对远行怀有全面、深刻的诉求。为了拿到"运-12"机长执照，他们进航校学习飞行驾驶，先后通过五种机型的考试，又因为"运-12"没有液压只有钢索和杆，过于沉重，梁红结束训练后拿筷子的手会发抖；为了成功抵达南极，他们毕数年之功研究一辆四车双轴双舵的破冰船，并办理一系列烦琐复杂的去南极的审批手续，以探险者的姿态开拓陌生领域，不断扩展知识面；为了驾驶舰载"贝尔-212"复杂航空器，他们做了高低空悬停、前后左右平移、吊装训练、定点着陆等一系列直升机飞行训练，掌握了多项专业技能……"侣行"成功的背后，是这对平凡夫妇夜以继日的训练和无数次面临生死抉择的处境。与此同时，严酷的周边环境也从侧面反映"侣行"团队的不易。驾驶飞机过程中遭遇闪电、冰雹等恶劣天气，在战火纷飞的叙利亚遇到一颗近距离坠落的炸弹，造访有大量核辐射的"鬼城"切尔诺贝利，等等，都是令人心惊胆战的回忆。

对"侣行夫妇"而言，回忆是为了将过往重新排序，依照自身意愿复原往事，使其变得易于理解且符合逻辑。在这点上，张昕宇和梁红有着一定程度的异禀，他们将"侣行"途中的时光碎片逐一打捞、拾掇和拼凑，并通过团队自白与实景拍摄交叉呈现的方式加以阐述。例如前往南极的旅程，该片既还原了"北京号"破冰船开在冰面的空旷场景和在船上看海豹的新鲜体验，又通过主创之口表达由衷的自豪："我觉得我们能开着这样一条船，搭着舰载机去南极再回来，我们就已经非常骄傲了。"片中呈现的地图轨迹还清晰标识出行走路线，让观众按照"侣行夫妇"走过的路精准定位时空，形式丰富又不失严谨。

"'侣行'不是旅游，应该去做一些有意义的事，能为当地人带来一些快乐。"张昕宇的话深刻诠释了"侣行"的意义。它不仅是打破一项项纪录的"获得"，更是走出舒适区，以满腔热爱为世界带去无数可能的"给予"。"侣行夫妇"用足迹告诉我们"爱情不是终日彼此对视，爱情是共同瞭望远方"，也用漫长行旅传递了不畏艰险的魄力、勇气和舍我其谁的责任感，带给我们不一样的感动。

2022 年 8 月 9 日

《与象同行》：短鼻家族的出游日记

　　象群迁徙题材的纪录片并不罕见。近几年播出的《同象行》《万物之生》及《众神之地》的《寻找故土》篇章，从不同角度讲述了人类对云南亚洲象的守护。近期，由陈熠之执导的《与象同行》近距离、全景式记录了中国野生亚洲象有纪录以来距离最长的一次迁徙，并在多家国内外主流媒体陆续播出，引发广泛关注。

　　《与象同行》以时间为轴线，完整讲述了生活在云南西双版纳地区的象群"短鼻家族"漫长跌宕的北移南归之旅。在紧贴事件现场的纪实拍摄下，象群北迁过程中怎么路经村庄、大象遇险时如何自救、监测小队如何协助"短鼻家族"返回故乡等关键难题，都在逻辑严谨的时间脉络中串点成线，渐次呈现。

　　从踏上旅程到回归故里，"短鼻家族"途经普洱、红河、玉溪、昆明等地，先北上、后西行、再南下，共历时十七个月。为将五百多天的行程容纳在时长约五十分钟的篇幅里，导演并未面面俱到、大而化之地记下象群的每一步旅途，而是以轻松活泼的语言风格解说几个特定场景。母象"蓝眼睛"俏皮有趣的求爱故事、象群行走过程中秩序井然的队列、十四头大象在人们引导下顺利走过元江大桥的场面……生动鲜活地体现了"短鼻家族"的灵性与群体意识。最值得赞叹的是象群齐心协力脱困的场景——当两头成年象、一头亚成年象和一头幼象掉入水池,母象用鼻子和脑袋将幼象拱出水面,两头公象用象牙和象足生生在水泥池边凿开缺口,让几头落水的象通过缺口爬出水池。在纪录片的镜头下,大象是有自我认知与家庭认知的。该片通过记录监测队员紧张焦急的情感状态,细绘象群落水后自救的全过程,建立了人与大象之间深厚的情感联结。

长途跋涉的拍摄之旅需紧密跟随象群行动,《与象同行》在影像表达上也进行了创新性探索。无人机监测与红外热成像仪的应用,既能将象群的整体行进路线尽收眼底,又能在高度隐蔽的前提下记录"短鼻家族"的一举一动,使纪录片兼具宏观视野与微观发现,为亚洲象的生物研究提供珍贵影像资料。如大象"洗劫"玉米地的场景,编导不仅用大象视角的微距摄影强化视觉效果,还从无人机俯瞰的角度丰富表现形式,极富感染力。同时,高空俯拍的大全景视角还与象群保持着恰到好处的距离,以"不打扰"的默默跟随传递人与象和谐共存的价值理念。

同样是守护大象的主题,《万物之生》聚焦于亚洲象救护与繁育中心人对象的救助,《众神之地》中人们远远地观望大象北迁,而《与象同行》则在象群旅途中增加人为干预,叙述人们如何引导北迁的亚洲象掉头南返。在从未有象群通过人工设施渡河先例的情况下,监测队员采用食物诱导、卡车拦截等形式弱化野生象群的防备意识,让大象在人类帮助下走过元江大桥。监测队员说:"这一路跟踪下来,我们在观察象,其实象也在反过来观察我们人类。"象与人达成默契的南返旅途，侧面彰显出中国政府与民众维护生物多样性的信心和努力。

在人与自然和谐共生的理念倡导下，《与象同行》通过影像语言的演绎和解码，拍下了"短鼻家族"北移南归的出游日记，诠释了当代中国生态文明理念，也塑造了绿色发展的大国风范与使命担当，不失为一部生动的生态文明宣传力作。

2022 年 8 月 23 日

《覆流年》：不一样的"金手指"

近日，由易军执导的古装重生剧《覆流年》在芒果 TV（湖南广电旗下互联网视频平台）播出后，热度低开高走，一路攀升。在平台、演员阵容和剧集配置均不占优势的前提下，该剧仍能于网剧市场中占据一席之地，可见凭的是满满的诚意与新意。

《覆流年》，顾名思义，是将度过的流年再走一遍。此处的"覆"，即"重复、再次"之义。在以往同类题材作品中，"重生"往往意味着自带"金手指"，主角因拥有未卜先知的能力顺利趋吉避凶，改写命运，收获美满结局。相较之下，《覆流年》对"重生"的处理别出心裁，新意频现。

剧情伊始，足智多谋的女主陆安然精通造船术，会造水雷，运筹帷幄掌控天下船运，却因嫁给二皇子穆泽（庆王）而成为权力斗争的牺牲品，被算计得相继失去母亲、孩子、弟弟，最后被满门抄斩。重生之后，手握剧本的女主并未一路开挂，而是在穆泽的骗局与各种错综复杂的情感羁绊下，艰难地与命运抗争。她躲开了前世毒害母亲的桃酥，却不料母亲在码头以另一种方式惨遭毒手；她自以为调换了学子徐清策的考卷便可替他躲过一劫，却未曾想到徐宁折不弯，甘愿以自焚的方式对抗科举的不公；她劝说弟弟陆昀弃武从文，可阴差阳错下，陆昀仍走上了参军之路；她以为这一世终于觅得良人，能和九皇子穆川共白首，却不得不为了守护陆家重新嫁进庆王府……可以说，陆安然的重生既没有让人物开启"金手指"大杀四方，也没改变环境、权势、性格、能力等成事因素，只带来了生活经验和人生阅历的差距。剧中的"大反派"穆泽也未因女主重生被强行"降智"，而是始终维持着高智商与雷霆手段。在这一点上，《覆流年》剧情设置得合情合理，颇有章法。

历史的车轮没有在第二世停止运转，而重生的意义，是直面千疮百孔的人生，竭尽全力改写命运。随着剧情深入，我们看到女主历尽沧桑后更沉稳、坦然地应对生活风雨。面对庆王府内萧惊雀的争风吃醋，她忍气吞声接下所有委屈，直至丫鬟灵犀被害后一举反击；面对二娘和妹妹陆欣然的阴谋，她将计就计用假死躲过圣旨，设计陆欣然替嫁；面对庆王的威吓与胁迫，她迎难而上，主动提出嫁庆王为妾，暗中守护陆家平安。在她的努力下，徐清策的名字上了皇榜，陆昀不曾牺牲，陆家未被抄家，最终结局也被改写——庆王谋反战死，穆川受封太子，安然则回到了苏城。可见，反套路式"重生"最打动人的，莫过于让人物在磨难中成长，变得更成熟，更具智慧和勇气。陆安然在被伤害后依然心存善良与爱的生命能量，是"重生"剧真正意义上的"金手指"。

同样令人耳目一新的还有男主穆川与男二穆泽的人物设定。以往的剧中，男主往往是冷面霸道的形象，男二则是温柔体贴的"暖男"人设。《覆流年》的编导有意将二者对调，在凸显男二偏执、不择手段的同时，也使穆川对女主的爱显得更纯粹、动人。前世女主婚后多年收到的银镯原是男主早早备好的，安然以为是庆王种的葡萄藤实则是穆川的心意，还有庆王第一世赠予安然的鲜花，在第二世改为了地图……通过诸多两世细节的比照，剧中人物被塑造得鲜明立体，行为动机也符合逻辑。

当然，这远远不够，"重生"之所以成为影视行业长盛不衰的选题，是因题材本身极具"爽"感。《覆流年》女主重生后的道路仍然坎坷，该剧的"爽"感又从何而来？笔者以为，短剧化、小说化的拍摄形式是《覆流年》深受好评的一大因素。短短三集，走完了女主悲惨的第一世。这种情绪直给、毫不拖沓的节奏带给观众沉浸式观剧体验。第四集开始，剧情依旧紧凑而跌宕，整顿内宅、假死脱身、对付庆王等情节一气呵成、依次展开，令人目不暇接。同时，高浓度剧情也符合短视频平台的叙事偏好，该剧部分片段在抖音、快手等自媒体的传播具有明显导流作用。所以，虽然宅斗、重生、复仇、大女主等设定并不新鲜，但该剧仍凭借丰富的元素和稳健的节奏留住了观众。

就轻松"爽"剧的定位而言，《覆流年》基本达到了"小而美"的制作水准。新意频出的呈现使该剧兼具电视剧长剧塑造人物的优势和短视频信息量密集的长处。在时间紧缺又追求品质的当下，此种模式无疑具有明显增长优势和空间。在这个意义上，《覆流年》为"重生"题材影视剧提供了一个值得学习的样本。

2022 年 9 月 26 日

倚窗读书寻旧梦
笔端绮念见深情
故人旧物透斑斓
妙语趣言话历史
风过中原有书香
试把红楼作暗香
漫步大唐且行吟
是真名士自风流
水如长风润心田
于庸常处见从容
让诗行照进现实
玲珑笺纸载春秋
闲读诗书慢著文
手艺人生方寸间

第四卷

笺纸春秋

倚窗读书寻旧梦

——读《文汇雅聚》

　　《文汇雅聚》这套书以白色做底，用绿色、紫色、卡其色等三种色彩绘上轮廓，并以水墨画的笔法勾出树的枝干，或苍劲如黄杨，或典雅如紫檀，或飘逸如杨柳，简朴大方。集子的名字和封面上的树种相照应，分别命名为"黄杨集""紫檀集"和"杨柳集"。刊名的左侧还印有一首古诗词，为此书添了一种古色古香、清秀空灵的美，荡漾着江南水乡的韵味。

　　阅读这套刊物，仿佛在淡淡的墨香中拾起了一个又一个旧梦。简洁风致的排版、典雅艺术的插图、坦然明澈的文字，书写着精彩华章里的文化旧梦。该刊是苏州的一套地方刊物，如刊名所言，每本刊物都分为文、汇、雅、聚四个版块，每个版块下又有几个小版块，由格调高远的词汇命名，如"养心殿""风雅颂""大讲坛"等。不同于那些被各种广告填充的世俗刊物，也并非读来佶屈聱牙的文学著作，这套雅俗共赏的小书刊记载的是日常生活中的逸闻趣事、文化名人的生平事迹，还有文艺著作的评论和鉴赏……一篇篇文字流淌而出，古典的韵致和悠远的情思在在皆是。

阅读是为了更好地触及那些有深度的心灵，而不是远离它。这套刊物也注重对生活体验的探寻和对人性本真的追求。正如在《紫檀集》的《你若有情，可以听见树叶说话》一文中，作者张震写骑驴的那句话："更喜欢开着'它'，背负一身厚厚的白色，去赴个小会，去看看情人。骑驴过小桥，独叹梅花瘦……"几行短短的文字旁是作者亲笔的水墨画。寥寥几笔，或描出两个稚童模样的人儿蜷缩在枯瘦的老树下，你瞧瞧我，我望望你，天真烂漫，无限美好；或刻画出两个形容不整的醉汉，一个侧卧在枕上，一个靠倒在墙角，半眯着眼，屏蔽了时光，悠悠然"不在服务区"；或绘出两个骑驴的好友，一前一后，志得意满，笑得满面春风、怡然自得……从一个人的画作即可见他的心境：在张震的世界里，没有现代化大都市的灯红酒绿与觥筹交错，只有久远年代里的南山种豆和东篱采菊。他，写着朴实无华的文字，画着趣味雅致的水墨画，在这个喧嚣的年代里坚守着一份纯粹和本真。

　　当然，书刊选录的文章并不全是超然物我的雅作，也有读来趣味横生，令人津津乐道的小故事。譬如在《杨柳集》中就有一篇《最会搞笑的太守——朱买臣》，写得真实生动，颇有几分意趣。行文之初，作者秦兆基煞有其事地讲述着一次开放性、研究性的教学活动，让学子们推荐一位至今最具影响力的古代地方苏州长官。随着其中一位主讲人为推荐朱买臣作为第一影响力的苏州政要提供详尽的理由，情节层层深入，读者也渐渐被绕进故事里。结果，在文章的结尾，作者却笔锋一转，告诉我们这不过是一场充斥着激烈学术讨论的梦罢了。全文由"原来如此，哈哈"一句作结，罩上一种轻松愉快的气氛。

　　此刊中还有许多动人的篇章：从柳袁照的五则微型日记里，我们可以窥见斯里兰卡的岛国风光；在鱼丽的笔下，我们幽思畅飞，思绪追溯到民国时期的名媛闺秀；从俞菁的文字里，我们可以了解到上流名媛郑念的坎坷一生；在美术师刘二刚的画作里，我们得以寻求一份平和淡然的心境，且去看青山绿水，不共他人论短长……简短晓畅的小诗，意境悠远的画作，亲和无间的文字，都带着一份温暖与感动，润湿读者心灵。

　　读这样一套杂志，适合在一个积雪尚未完全消融，又有着暖阳的冬日下午。我渴望在那样一个午后，倚在老屋窗前，沏壶香茗，翻几页书，呷一口茶，小憩一阵，不知不觉竟睡了过去。等醒来时，发现已是日落时分。手上的故事像是隔了几个世纪般遥远而漫长，再回想方才读过的文字，便如同某段过往的记忆瞬间闪现，如同某首老歌的旋律忽又开始回旋，如同一场场旧梦突然被唤醒。

2016 年 12 月 18 日

笔端绮念见深情

——读林采宜《假装思考》

　　林采宜行文独抒性灵，不拘格套，仿佛天生就有个不羁的灵魂。她并没有远离生活高谈阔论，而是着眼于琐碎日常中的点点滴滴，提出自己的见解。

　　她关注时下的热门话题，针砭时弊，痛批"梦想"一词被功利化，又称"创业"有时是一种妄念。于独到的眼光与犀利的言辞中，女性的傲气与款款深情尽情流淌——如同引言中所说："关于思想随笔，大抵不外乎从人性的角度出发，把践踏人性的美德挨个'践踏'一遍。"

　　在书中，她谈女性男性，谈艺术文化、谈生命和欲望、谈颜值和智商，也谈自己对于哲学的一些思考。

　　高知女性关心时事，又有自己的人生见解，本是寻常之事，但她敢于"践踏美德"，却实属罕见。在《所谓诚实》一文中，作者通过讲述一件豆沙绿毛衣的波折故事，晓谕读者"真正的诚实是心灵坦白，不是隐私公开"。在当下，"诚实"一词作为世俗道德被简单化和教条化，往往被掌握权力者利用，成为伤害自己或者伤害别人的凶器。而作者却敢于对这一所谓的传统美德进行鞭挞，并提出人格独立是诚实的前提。诸如此类的对传统道德的颠覆性思考在书中屡见不鲜。如在《梦想是个什么玩意儿?》一篇中，她批判当今社会许多人的拼搏和努力被名利所奴役；再如在《中国文化的道德嗜血》一文中，她就知识分子的社会责任提出自己的思考……最令人印象深刻的，当属《烟与男人》——林采宜认为"烟是男人的气味，没有了烟，男人就没有了味"。极具个性化的观点，使文章有鲜明的辨识度。行文结穴处，她将生命比喻为一支烟，吸与不吸都要归于尘土，而属于我们的，从来只有过程。言语间有一些彻悟，还有一丝了然。

然而，这位陆家嘴的经济学家并非一味地诽谤道德、诽谤人品、诽谤梦想，隐匿在犀利独到的思想之后的，是对社会、对世界的深情。在《这二十年》一篇中，作者由一次大学同学聚会追忆往昔，感慨在时光的阡陌上匆匆多年的青春只剩残骸；在《且说那风流》中，她通过翻阅冯友兰先生的《中国哲学简史》，想到渐行渐远的纸质年代，怀念业已苍凉的历史风韵；在《永远的印第安——圣菲日记》中，她通过记录美国的古老城市圣菲诠释这座城市的文化与风情，在它的静谧中找寻生命的喜悦……她时而大声疾呼："多久了? 我们找不到生命的感动，在这华灯闪烁的陆家嘴"；时而又默默祈祷："在这薄情的世界上深情地活着，不仅仅只有凡·高，但愿还有我们。"在这些情意颇丰的随笔中，笔者尤其喜欢那篇《一地野蒿》。

作者将中国文字比作绝色女子——"有人动的是绮念，以把玩香腮为趣；有人动的是深情，为之添衣暖衾。绮念在笔端，深情在心底。"初读惊艳，再读依然。我们对待文字，当如少年对待长在心底的那一丛相思，真情实意，兴趣盎然，无须理由也能生机勃勃。文章有了真情，无论是极尽哲理或看似信口胡言，无论读者与作者之间缘分深浅，能读懂多少，皆有其秀美之处，值得鉴赏。

读林采宜的文字，常常眼前一亮，心下一惊，感慨一个女子的文字竟有这般挺拔开阔的气象！在谈论女人时，她曾说过，才女、美女、名女、奇女子，都是开在男权高枝上的花朵，而她相信，一个女孩可以凭借智力和勤奋在这个世界上打出一片江山。

的确，林采宜是特立独行的，她从不按常规出牌。我们跟随着她的文字随心所欲地漫步，却总能在不经意间邂逅乍起的"惊鸿"。她在行文弄笔间把独属于她的气场传达给读者，让人读来会心一笑。而正是这种自由随性又兼富思想和深情的气质，使每词每句都浸染上独一无二的色彩，在纸上自由飞行。

2017 年 1 月 10 日

故人旧物透斑斓

——读简儿《日常》

    这本记录日常生活的散文集，将笼罩着暖意的小故事用简雅温馨的笔触娓娓道来。甚至连封面上的三幅剪贴画亦蒙上了一层淡淡的暖意：衔着红色花瓣的燕子，碗沿上停着小鸟的一碗青菜面和在阳光下蓬勃生长的绿植。这些是生活中最寻常所见的喜悦，以此为封面也正好贴合了该书的书名——"日常"。

    书中的故事都带着古色古香的味道，让人仿佛看见了童年时用蓝色棉布制成的书包，黑瓦白墙的房屋，还有长满了青苔的狭小弄堂。当你细细品读，便会发现作者似乎对一些旧物情有独钟。在第四辑的《恋物癖》一篇中，她也承认道："我大约是一个有恋物癖的人，迷恋的东西，总是买了又买。"简朴的帆布包、干净的白衬衣、素雅的黑袍子、姜黄色的毛衣……都为作者所钟爱。而作者日常穿的衣服，如她所写，款式几乎都差不多，也看不出新旧。有时候，她怕穿旧了买不到新的，还会买两件一模一样的衣服。女子如此痴迷一件衣物在现实生活中怕是并不常见，只因在作者眼中，每一件被怀念的旧物，或多或少都带有值得追忆的似水年华：姜黄色毛衣背后，藏着她与恋人去河滩上拍照的故事，甜蜜中带着一丝陶醉；黑袍子所夹带的，是吃苦耐劳的小姑父冬天骑着一辆破自行车挨家挨户卖荸荠的回忆，倔强中透着一股柔情；布包包背后，则藏匿着作者读师范时的朝朝暮暮、点点滴滴，一针一线里散发着旧时光的香气……

被作者迷恋上的物品，或带着鲜为人知的故事，或有着听来极其可爱的"共性"。用作者自己的话说："我喜欢那些笨笨的、呆头呆脑的东西。喜欢的人也是如此。我有几个朋友，都是有点笨笨的，不太会说话，甚至说起话来有点结巴。我总觉得笨笨的人，心地更纯真、善良。"与大部分人都愿意和聪明人交朋友不同，简儿诚恳真挚地写下自己独树一帜的择物观与交友观。我想，她笔下的"笨"与"呆"，必不是不谙世事的幼稚或心智不全的傻气，而是一种身处红尘却保有纯粹善良，一种历经沧桑却仍能返璞归真的智慧。

对旧物与故人如此痴迷的简儿，对生活想必也充满了热忱与期待。笔者极喜欢"陈味"一辑中的《螃蟹，菱角与莲子》，尤其欣赏由螃蟹引发的她与夫君的爱情故事。作者的先生在当初与她结识之际，既未许下"山无棱，江水为竭，冬雷震震，夏雨雪"的山盟，亦不曾有过"执子之手，与子偕老"的海誓，而是一句质朴动人的"你吃螃蟹我剥壳"。婚后，先生果然信守盟誓，每逢吃蟹就充当那个剥壳的人，只是不知何时，剥好的蟹肉都堆到了女儿的碗里。作者以一句"呜呼，移情别恋，男人的天性是也"作结，读来不禁令人莞尔。

简儿还善于从细节处落目，于日常中着眼，将埋藏在生活中的小确幸用细腻灵动的笔调加以诠释。比如在《对你的思念渐浓》中，她通过一扇绿漆斑驳的木门前的小黑板放飞思绪，记录

这一处僻静优雅的院落；在《步云桥》中，她经由小镇的那座
"步云桥"展开联想，写下温言软语，极受女孩子欢迎的赵医生
的故事；在《烟与酒》中，通过"烟"与"酒"这两样"坏东
西"发散思维，写萍萍与她初恋的青涩故事……作者的思绪宛如
一汪清澈的湖水，只要投入一枚细小的砂石，便能激起层层水
花，荡漾开一圈圈的涟漪。

　　"时光可以用来相爱，也可以虚度。"在简儿的眼中，即使用
来虚度的时光亦饱含着她对世界的深情。在她笔下，世间万物都
似晕染上一层暖意，隐含着日常生活的点滴惊喜。这个与众不同
的女子，用她独到的眼光打量着世界，窥见与众人不同的斑斓色
彩。无论是旧物也好，故人也罢，或只是道听途说未曾深谙的人
和事，都带着这个尘世间的爱恨与欢喜，在纸上浅浅绽放，兀自
盛开。

2018 年 6 月 11 日

妙语趣言话历史

——读储劲松《雪夜闲书》

于雪夜读闲书，是于寂寥中掺杂一份自适，使笔者与其初次
邂逅时误以为这是一本记录日常的温馨散文集。读上几篇，却见
纸上字挟风霜，徜徉恣肆，原是一本满溢生气与意气的读书笔
记。作者储劲松将卷帙浩繁的中国古代文学与历史用妙语趣言娓
娓道来，为厚重的古代典籍披上一层轻盈的外衣，别有一番
风味。

书中，《史记》《汉书》《后汉书》《明史》《石匮书》《清史
稿》以及秦汉至明清时期的诸多笔记小品，均有涉及，所含甚
广。这些意趣横生的笔记被作者分为五卷，每一卷均被赋予古色
古香的名字，比如卷三的"百二秦关"，卷四的"江山劫数"和
卷五的"清宫漫语"，让人仿佛窥见了地险人稀的关塞，金戈铁
马的沙场和雕满彩绘的画阁朱楼。

此书最让笔者惊艳的是一些短小简要却精彩绝伦的古籍评
论。如作者在评论张岱文章时，称其文"有巴山蜀水的形胜气
度，有吴风越雨的灵秀风姿。如沙场秋点兵，胸中有万千气
象——上马击狂虏，下马草露布，纵横捭阖，自由挥洒，造化接

近于天工",论其人诚然"文章圣手""锦绣天人"。这一番高谈阔论虽只有短短半页纸,却毫不掩饰对张岱的敬佩之情。话语间没有字斟句酌的细嚼慢咽,而是以豪放洒脱的笔触道出了张岱文之气度与神韵。其字字句句皆被褐怀玉、含章可贞,实乃性情之论。当然,即使才华横溢如张岱,在作者眼中也并非十八般武艺样样精通。比如在《张宗子词不佳》一文中,作者客观公允地评道:"他的词相较唐宋以至元明清词,却显得庸常。"对口碑较好的其他古籍,储劲松也并非人云亦云一味褒扬。在他眼中,古代典籍中有张岱文般近于天功的旷世之作,也有不堪卒读的"下品"。在卷一《下品》一篇中,作者道:"清人宣鼎的《夜雨秋灯录》,名声不算小,却只能算志怪小说中的下品。"其直言快语不屈从于权威,而是根据自己的理解与判断圈点文章,颇有见地。文中"所谓巅峰,既是极高处,同时也就是夕阳西下时,志怪小说从此式微,到了纪昀、袁枚、宣鼎,不过是缥缈遗响罢了"一句,就蒲松龄后的志怪小说做品评,通过一类小说的走势概括出文学自身发展的普遍规律,使笔者深受启发。

　　除对古籍有深入研究外,储劲松对许多历史逸闻也有独到的见解。比如在《荔枝》中,他以《南方草木状》中所载为证,替被冠以"穷奢极欲"之罪名的唐皇与杨妃正名;在《项羽之败》中,他从"项羽不真知书""项羽不真知史""项羽不真知兵"三个角度对"项羽之败"做了深入透辟的论述;在《奉天承运》中,他从历史剧里太监或钦差口中那一句"奉天承运,皇帝诏曰"入手,对刘邦、朱元璋等开国皇帝登基路上逢凶化吉的经历一一评述……作者之笔,犹如老蠹在旧纸堆的深山荒径独行,踏出一条大路,积淀出学问,积淀出见识,豪旷而古雅。

书中有关于历史古籍的绝妙好辞，亦不乏轻松诙谐的闲谈趣笔。在诸多趣文中，笔者极爱卷二那篇《蛋的缝》。此篇以"苍蝇不叮无缝蛋"这一俗语开篇，列举了北宋罗俦与其耍滑头的小吏，秦始皇求神仙方术，杨修遭曹操妒恨等一系列史料以及一些民间传说与寓言故事，深刻总结出"世间从来没有无缝的人，而人的命门，可能是自己的弱点、癖好、喜恶，也很有可能是自己的长处、优势"这一义理。在结尾处，还以"缝曰：'嘿嘿，其奈我何？'"一句轻松作结，在俏皮中夹杂着一抹哲思，发人深省，不禁令人拍案叫绝！再如《情史》中，作者试图解"情"字，将其拆字解作"心青"，言"爱情萌发燃烧直如茂草丛生，反之，心如果不青了，枯了，情也就灭了"。此番解读虽被作者自己视为"妄解"，只为"博自己一哂"，读来却也饶有趣味，直让人想起牛希济那句"记得绿罗裙，处处怜芳草"，是如青草般生机盎然的爱情。

"人生如飘蓬，读书以自适。万象皆幻相，书是吾故人。"本书书腰上的这首小诗，在作者储劲松身上得到了很好的诠释。在他的世界里，书是一味不可或缺的"良药"，他在跋文中也承认自己"饕餮古今文章如小猪啃林中嫩笋"。太史简中的人影、董狐笔下的沧桑、聊斋案头的异闻，经由作者笔端再现，均被熏染上青灯的柔和与白宣的温软，令人动容。

2018 年 6 月 15 日

风过中原有书香

——读冻凤秋《风吹书香》

"风吹书香",一个极具诗意的书名,带着它宁静致远的独特况味,轻而易举便能吸引众多读者的目光。翻开书页,才知道其名原是起源于《河南日报》的副刊名——"中原风"。该书收录了在副刊基础上成立的"中原风"读书会各期的精彩片段,由该副刊主编冻凤秋女士编著而成。

全书共分为三辑:第一辑《风乍起 每一次邀约都带来奇迹》主要介绍了莅临读书会现场的作者之间发生的有趣生动的思维碰撞;第二辑《书香浓 一样的总是灵魂的怦动》是对读书会现场互动的实况记录以及编者对有感之处的深情演绎;第三辑《名家情 把生命的风车缓缓吹动》则是对一部分优秀演讲稿的完整展现与留存。这些作品聚集在一起,汇成了一本精彩纷呈的副刊文丛。打开书页,细细品读,但觉有一阵阵浩荡之风扑面而来。

最先感受到的是和煦温暖的春风。在《不要你捧,不要你哄,只要你懂》一篇中,主讲孟宪明提到儿童时期是用来"埋种子"的。现在孩子所有的业余生活都被各种培训班与特长班充斥着,全然没有了读书的兴趣。而"讲故事"与"儿童文学"是两剂良药，是极珍贵的读书种子。他说，要让孩子爱上阅读，就不要强迫他们读书，只需要暗示并给他们多种选择，让他们自己遇到能带给他们营养的书籍。教育孩子，就要读懂孩子，读懂他们眼神的清澈与内心的神性。再如在《她不是过客，是归人》一篇中，主讲周瑄璞向大家讲述了小说《多湾》的写作缘起。小说中的人物大都有原型，作者通过写一群人、一个家族、一个村庄道出自己的生命体验，捕捉住中原人的精神和力量。周瑄璞说，有什么样的童年，就会有什么样的人生，她内心深处的声音让她从都市情感小说的泥淖中挣脱出来，决定写一部类似《白鹿原》的书，献给出生的大地。这些故事，带着春风一般的和畅与生机，使读者的内心欢愉且充满希冀。

而后，有热烈又滚烫的夏风。比如在《爱是一生的修行》一文中，主讲叶倾城谈论了关于"爱"的理解。在冻凤秋眼中，叶倾城似一位千娇百媚的小狐仙，以华美、凌厉且苍凉的文字，穿透人生的欢乐与悲伤，如闪电般唤起共鸣。她以自己独特的急促尖细的嗓音热情而坦诚地和大家分享自己一生中感情的变化：小时候拥有完整的父母之爱，因此感情是简单而纯净的，文字叙述也奉行极简原则；做了记者和情感节目主持人后，接触到普通人的生活和情感，由此在文字里对社会与人生也有了深刻的洞察和犀利的剖析；身为人母后，艰难的怀孕和生产过程让她懂得如何真正地去爱一个人；如今，她心目中的爱已由激烈澎湃转为绵密久远，一点点释放，如同细水长流……她笔下的爱，因为宽广的视野和悲天悯人的情怀而深沉、丰富，有着震撼人心的力量。对待文学，她同样有这份炽热的爱："只因为一点梦想的束系，让我心甘情愿，在灯火落尽后的夜晚，将日里的发生与夜里的梦回一一练就。仿佛粗糙的砾石，以烈焰将它熔炼成沸腾的河流，再用疾风鼓吹使它渐渐冷凝，终于成就一片片文字的玻璃。"这种"虽九死其犹未悔"的执着与热忱，正是如同夏风一般的灼热与炽烈。

再后，有秋风，秋风中饱含沉甸甸的果香。比如《永在流动的青春河》的主讲叶辛，《终于，敲到自己的家门》的主讲青青，《真正的天堂，就是读书的模样》的主讲李佩甫，还有《这一夜，文化的感召力唤我们来》的主讲马新朝……都是承载着猎猎风声的虔诚的读书人，都各自诉说着关于读书与写作领域的秋收喜悦。

此间唯独没有冬风，只因书里不曾有冬天。百年间，副刊上发表过不计其数的作品，培养过赫赫有名的作家。正应了冯杰在序言中所写的那句"副刊不副，副副得正"，许多读者都是通过丰富多彩的副刊进入正刊的。副刊里的风不仅吹得时长至百年，且没有地界，省内省外任意地吹，浩浩汤汤，横无际涯！

在这个快餐文化大行其道的当下，能够捧起一本书静静翻看最是难能可贵，能够与一群读书人欢聚一堂共谈读书心得亦极其不易。毕竟"文学边缘化"本来就很正常，它不同于热热闹闹的T台选秀，也从来都不是喧嚣澎湃转瞬即逝的波浪，而是波浪下面深沉久远的河床。即便如此，文学中所囊括的对世界、对生活的丰富蕴含让我们可以最大限度地超越时间的局限，拓展生命的时空，使人生更为清晰与辽阔。

吹灭读书灯，一身都是月。俗世中的行路人，何妨捧起手中的一卷书，透过温润的纸张和清淡的墨香，且听风吟？

2018 年 8 月 3 日

试把红楼作暗香

——读亚比煞《何处有香丘》

  《红楼梦》是广大文学爱好者最津津乐道的经典。我们醉心于书中曲折婉转的爱情故事，迷恋它细腻生动的人物刻画，惊叹它厚重深邃的文化内涵……的确，这是一本所涉甚广且意蕴丰富的鸿篇巨制。从它问世至今，各类研究文献汗牛充栋，在原典基础上进行的影视剧改编也数不胜数。本书作者亚比煞却另辟蹊径，用香味这一独特视角参悟书中人物，诠释书中情怀。

  "何处有香丘"，这一取自《葬花词》的灵魂拷问被作者拿来做书名，既使读者有似曾相识的熟稔感，又给人一种振聋发聩的效果。书的封面采用浅淡的黛色水墨勾勒出一幅雅致的风景，与书名互为照应：有一缕幽香自香炉逸出，迤逦萦回于远处青山之间，又袅袅缭绕至天际，氤氲弥漫。此书似乎也因此晕染上一抹幽香，沁人心脾。

  "这场关乎嗅觉的旅程，承载了如诗一般的香氛雅致，是独属于灵魂的产物。人以香分，闻香识人。看一个人，如何呈现一种味道。"书的"钗香""合香""品香""恋香"这四部分把不同人物与各种香味联系在一起，将每一个独特的灵魂通过嗅觉变成外化的、可以感知的存在。在"钗香"篇中,作者写秦可卿"眼饧软骨是甜香",将这个兼具端庄妖媚与风流袅娜的女子和性感的甜香相联系,给人一种绵密婉转的温柔感。"品香"篇中,亚比煞用"柑橘调"写巧姐的柚子和板儿的佛手。直白简单、清新通透的柑橘气味就仿佛两小无猜、青梅竹马的巧姐和板儿,虽然留香短暂,玩不出层次与内涵,却恰恰符合素年锦时的单纯与美好。作者在为书中人对应上香气时会具体列举出各类品牌的香水,可谓匠心独运。例如写秦可卿的甜香,亚比煞一一分析了和"性感"一词沾边的香水,将秦可卿妖媚温柔的形象通过香水呈现。再如"品香"篇在《虚花悟:青枫林下鬼吟哦》一文中写到与"死亡"主题有关的香水时,也拿一些知名品牌的香水举例,并对每一种香水用到的香料,香水的前调、中调、后调,甚至不同香水间细微的差别都进行了详尽的阐述,在对《红楼梦》中的人物和主题具象化解读的同时也足见作者在香水领域的苦功钻研与高深造诣。

"香"能唤起心中情感,就意味着它绝不仅是嗅觉上的存在。早在古代,司马迁曾评价屈原道:"其志洁,故其称物芳。"屈原对"香草"的喜爱最终指向了他精神上的"香丘":"亦余心之所善兮,虽九死其犹未悔。"《红楼梦》中的"香"在亚比煞笔尖亦被书写为对善和美的追求,指向一种超逸而纯净的品格。比如在《黛玉的书房:书香与药香》中,作者写汤姆福特"乌木沉香"的知性、中正、禁欲、自律也好,写馥马尔"雨后当归"的富有禅意、温柔古雅也罢,最终均是为了透过书香和药香传达黛玉内心的幽暗和孤独,体现她孤洁的性格。又如在《宝钗的花园:清芬草木香》中,作者通过写爱马仕"雨后花园"由冷到暖的渐变和"尼罗河花园"的清淡草药香凸显薛宝钗身上的断舍离与空无。书中还有宝玉温柔体贴的暖香，妙玉孤芳自赏的寒香，惜春疏离洁净的少女香……"人以香分，闻香识人"，不同性格的人物在亚比煞笔下被娴熟自然地配上各种香气，呈现各自的精神气质。

作家匡匡说："她推开一道窄门，怀着洞彻事物肌理的细密心思，沿着语句铺设的曲径，去追踪香氛之美的源头，穷究宿命之书《红楼梦》中曹雪芹埋下的伏笔，在'香'字中读出文化的线索、脉络和玄机。"香水是一种造境的艺术，无形无影，刹那聚散。它本身虽只是一种载体，一种介质，但香味背后呈现的气质与情绪才是红楼谈香的意义所在。在作者笔下，人与香浑然一体，全书也因此浸染上一缕暗香，盈盈拂心，萦绕心田，久久挥之不去。

2018 年 10 月 30 日

漫步大唐且行吟

——读陈尚君《行走大唐》

　　若论学术著作，诸位读者的脑海中或许会联想到两类书：一是言之有物却枯燥乏味的入门性教科书，它通常作为学生考试的标准答案而存在；二是学术专题的深入研究，为学术贡献新知却受众甚小，乃是由专家写给专家看的专著。而陈尚君先生的这本《行走大唐》，虽有丰厚翔实的研究心得与学术内涵，却既非教科书式的条目罗列，亦非晦涩难懂的高头讲章，而是一部兼具学理与妙趣的唐代诗文长卷。

　　本书封面与书名高度契合——草绿色的底上印着一位行者，手握钉耙倚马天涯。打开目录，全书共分"窥探大唐""玩赏大唐""守护大唐""推敲大唐"四编，均是作者留心注目于不易为人察觉之毫末，结合最新文献发现写成。书中篇目或评赏诗文，字斟句酌；或考辨真伪，有理有据；或商榷观点，意趣横生……行文彰显了作者渊博的学识与严谨的治学。

　　在赏析具体的诗人作品时，陈尚君先生不仅限于对诗歌字句的解读，更有对诗歌写作背景的考证。比如在《易求无价宝，难得有心郎》一篇中，作者首先总体介绍女诗人鱼玄机的生平与后世评价，而后提出在《寄李亿员外》一诗中，"诗的题目和写作时间有三种不同说法"。接着根据"因打死婢女下狱后所吟"一说的记载失实将其排除，又从诗歌的最后两句读起，引经据典，最后得出此诗"叙述对李的情愫"的结论。整个解读过程从文本入手，一字一句条分缕析，复又结合历史背景与典故出处严加考证，如同抽丝剥茧，有推理破案之妙趣。再如《好是绿窗明月夜，一杯摇荡满怀春》一文中，女扮男装出任吏职的黄崇嘏，江淮间的名妓徐月英以及进士孟昌期妻孙氏等鲜为人知的诗人及其诗作，都经由作者细细品味咀嚼，重新绽放出夺目的光彩。

当然，陈尚君先生被谐称为唐诗的"户籍警"，对唐诗的认知绝非浅尝辄止的品读与赏玩，更有不少惊世骇俗的颠覆性研究成果。比如对家喻户晓、童叟可解的唐诗《春晓》，作者提出了自己的疑问：《春晚》还是《春晓》？此诗在《万首唐人绝句》《全唐诗》《唐诗三百首》等诸多版本中均题作《春晓》，今人也鲜有异说。然而南宋蜀刻本卷一却题作《春晚绝句》。陈尚君先生先就版本出处初步判断其可信度，后又研味诗意，指出诗中所写的"春日"并非"初春"，而是"春暮"，由此认为"春晚"较"春晓"更贴合诗意。再如在《〈登幽州台歌〉献疑》一篇中，作者对陈子昂这首传诵千古的名篇也提出了质疑。他从诗歌来源着眼，通过具体文献记载将陈子昂与友人卢藏用当时的人生经历与此诗源起一一再现，最后得出"此四句是卢根据陈赠诗的内容，加以概括而成，目的是在为陈所作传中将他的孤愤悲凄作形象之叙述"的结论。至于《登幽州台歌》的篇名,乃明人杨慎捏造而成。毋庸置疑,这些发现颠覆了我们印象中对于部分唐诗根深蒂固的解读,虽然尚不能被文学史与当今读者全盘接受,却为我们提供了审慎独到的思路与见解。除此以外,作者对于唐诗研究中涉及的一些大问题也在《推敲大唐》一编中略有提及。比如在《唐诗凭什么排名》一文中,就"唐诗依靠什么排名""唐诗排名的根据是否合适""两次榜单的比较""排名显示唐诗流布的时代差异""《排行榜》无意揭出的问题唐诗"等多个维度进行讨论,认为关于唐诗的排名"不可不认真,也不可太认真"。毕竟排行榜作为现代社会商业文化的一部分带有相当程度的娱乐性质,而今人学唐诗,应旨在陶冶性情,增添学养,没有必要对一首诗具体该排在什么位置锱铢必较。

　　这类随笔文章皆是作者潜泳学海间,在唐代文献里梳爬多年所得的经验与心得,既有充实的学术内涵,探求学术前沿与新知,也不乏妙趣横生的历史逸闻。在首编《窥探大唐》中,作者通过还原历史人物的真实事迹对他们评点一二。如在《唐太宗的另一面》一篇中,作者揭示唐太宗这位后世眼中的英明君主对自己处事不当引致家庭惨剧全无自省,其后宫管理更是无序之至,并直言"太宗几乎触动了大唐覆亡的机关,明君也有发昏的时候",让我们看到了这位优秀统治者极其荒唐、几乎败政的另一面。再如在《郭子仪的生存智慧》一文中,作者通过写郭子仪处理次子郭暧与升平公主的矛盾纠纷,刻画了郭子仪处处谨慎小心、惧盈畏祸的智慧形象,读来饶有趣味。

在本书《自序》中，陈尚君先生自谦地称书中文章"写作缘起不同，庄重者有之，游戏者亦有之，漫无统摄，更缺理论，惟皆能有感而发，持之有据，言之妥洽"。在书中，我们不仅能读到作者皓首穷经的辛苦耕耘，也能捕捉到他瞬间涌现的奇思妙想，领略他治学生涯的苦功与乐趣。

2018 年 11 月 12 日

是真名士自风流

——读徐大军《名士派：世说新语的世界》

    读《世说新语》，我们往往流连于其中妙趣横生的名士故事，拜服于书里高旷雅逸的魏晋风度，惊叹于小说言简意赅的语言风格。徐大军师的笔端行云流水，文照虹霓，带我们目睹名士们的一举手，一投足，见证其率真任诞的言谈举止，领略其清峻通脱的精神气貌。在他笔下，《世说新语》不仅仅是一本记录魏晋士人言行与逸事的笔记小说，更是一本满溢着生气与意气的名士风流集。

    翻上几页，目之所及是一幅幅雅致生动的古典画卷。明代夏葵《雪夜访戴图》中山高水长的空旷意境，《竹林七贤与荣启期》中千姿百态的名士形象，《千秋绝艳图》中栩栩如生的人物神情……为此书所裹挟的厚重历史感披上了一层轻盈的外衣。

    作为一个简单零碎的时空，《世说新语》不同于通常意义上的"小说"。它没有一个贯穿始末的人物，也没有一次从一而终的叙述，有的仅仅是众多名士闲散无序的碎片化生活片段。徐大军师将小说原文筛选重组，增删渲染，以名士们各类精神气度与风姿神貌为线索，将各位名士的飘逸俊拔、高蹈昂扬之态细细勾勒，把纷繁杂乱的《世说新语》叙述得井然有序，且意趣盎然。比如在《那些说走就走的名士们》一篇中，作者以"乘兴而来，兴尽而返"的王子猷开篇，又写到托夜疾奔的殷觊，因想念家中莼菜羹而悄然告别的张翰，以及"请息交以绝游"的陶渊明……这些名士因为"说走就走"的轻盈姿态汇聚到一起，率意洒脱的神韵与优雅旷达的气度可见一斑。再如在《那些坐不到一起的名士们》一文中，作者通过刻画与西晋皇室有不共戴天之仇的诸葛靓，"坐卧一楼，足不履地，终身不肯仕魏"的管宁，以及高调宣布"与山巨源绝交"的嵇康等一系列人物形象，将那些"坐不到一起"的名士集中罗列，一一传达了他们内心的坚持与操守。

当然，这样的汇聚并非简单纯粹的信息重组，而是一种有深度，有生命力的诉说。在解读名士们"说走就走"的随性姿态时，徐大军师着眼于这份轻盈背后蕴藏的心灵体悟：殷觊的夜奔是为了在进退维谷的处境下走出心中纷扰无绪的忧惧，陶潜的归隐是在"不为五斗米折腰"的人生信条下走进芳草鲜美、落英缤纷的桃花源，阮籍的"驱车登古原"是在名高当世却不愿入仕的遭遇下甩掉心中的烦恼与孤单……这些均揭示了名士们看似轻松的"出走"背后隐含的坚毅与决绝，高山景行，致人肺腑。而对于名士们"坐不到一起"的现象，徐大军师亦潜入人物的内心世界，将其中委婉曲折尽数呈现于读者眼前，得出了名士们或出于家仇私怨，或基于道义而分道扬镳的结论，从而证实了魏晋名士以志趣、品德相尚的交友风气。感触最深的是《名士相见斗什么——斗演技》一篇的末尾，写到王戎行经黄公酒垆下对往昔的追忆。此处《世说新语》原文仅有短短五句话，徐大军师却能根据自己对文献材料的分析与把握，据其神，赋其形，将酒垆的凋敝残破与王戎内心物是人非的万千感慨细腻传神地描绘出来，道尽了理想与现实的错谬，过去与当下的互斥，主人公与昔日旧友尘路相逢却面面相觑、无法相拥的怅惘和失落。最后以"王戎黯然回步，背对酒垆，丢下一句'我昔与嵇康叔、阮嗣宗共酣饮于此垆，悠悠四十载，今日视此虽近，邈若山河'，然后继续驾车西迈，把那个年轻人的暗淡眼神甩给了穿林打叶的飒飒秋风，和滚滚红尘"一句作结，将一腔愁绪抛向悠悠天地间，延伸弥漫，无远弗届。

在重现名士们形貌举止与心理活动的过程中，作者行文运笔间头脑之明睿，让他对史料有强劲的驾驭能力，能够得心应手地运用自己掌握的知识。许多僻处一隅的史料蒙尘已久，却经由他的刮垢拂尘、呵护和阐释，重新绽放出绚丽夺目的光彩。譬如在《名士婚姻的美丽与哀愁》一篇中，作者综合《列女传·齐钟离春》与西汉竹书《妄稽》形容阮姑娘"奇丑"的样貌；再如在《名士相见斗什么——斗富》一篇中，作者截取《西游记》第二十三回中的一段将石崇家厕所之穷奢极靡描摹无虞；又如在《那些坐不到一起的名士们》一篇中，作者引用《晋书·隐逸传》中对范粲此人的记录传达范粲对司马氏把持朝政的痛恨。这些零碎松散的史料经由徐大军师笔端再现被赋予新的意义，在丰满书中人物形象的同时也彰显了作者广博深厚的文学涵养与严谨踏实的学术态度。

除了史料的引用，作者在语言表达上也驾轻就熟，诗词典故、英文警句甚至网络用语都信手拈来，自然而不做作，有趣却不晦涩。在谈及阮籍与司马昭的交流时，作者将李白《梦游天姥吟留别》中的诗句灵活倒置成"云霞明灭或可睹，烟涛微茫信难求"，写阮籍的语言飘忽，语意渺茫；在给"坐不到一起"的名士们作结时，作者反驳《小王子》原话"All grown-ups were once children although few of them remember it"，指出大人的发脾气、闹情绪也是小孩模样；在写和峤与荀勖二人因为立太子的事绝交断义时则套用时下流行的网络语"友谊的小车说翻就翻"，轻松诙谐地宣告两人友谊破裂……书中语言跳脱明快又不乏文采思致，生涩难解的古文以日常通俗的形态跃然纸上，灵动活泼且雅俗共赏。

我想，徐大军在撰写此书时必是幽思飞穹宇，心境连千载，亲自体悟与感知那个战火纷飞的时代，亲自品读与玩味当时时代背景下名士们的一言一行，为读者呈上一个崭新的《世说新语》的世界，从而带来兼具趣味与韵味的阅读体验。

2018 年 12 月 9 日

水如长风润心田
——读张燕玲《好水如风》

水与风，皆是生活中极其平凡的存在，无声且无言。张燕玲散文集中的一思一情，正如温和的水波与舒爽的凉风，是点点滴滴的温暖与确幸，是极尽日常却能温润灵魂的人间烟火气。

作者闲游于工作之余，闲读于人间书简，闲情于生活烟火，在闲暇时光拾掇多年来自己心灵顿悟的瞬间，通过自在率真的文笔将人间生活的种种"不耐烦"变为悉心周到的"耐烦"，所遇所感经由闲话润色而呈现出多姿多彩的风貌。

张燕玲是一个热爱生活的女子，笔端尽写细微之物，毫末之事。祖母家土地里的水萝卜，广西新年的音乐"金钟"，生日那天先生带回家的四十朵玫瑰花……这些零碎渺小的细节汇成一道浅浅的溪流，在她笔端静静流淌。在《西津渡，锅盖面》一文中，做一碗江苏镇江西津渡的锅盖面，在作者笔下成了一门艺术：如何将面团压成薄薄的面皮，如何将"跳面"投入大锅沸煮，如何从一碗面中解读出"漂浮感"，都极有讲究。这碗"面锅里面煮锅盖，先烫浇头再烫筷"的锅盖面产生的每一道工序每一个细节，都被作者一一熟稔，以至于墨香间混杂着一缕香锅热灶之气，不禁令人垂涎欲滴。在《黄姚竹音》一文中，黄姚古镇随处可见的竹子被作者笔下葱茏的群峰、蜿蜒环绕的姚江、清澈无声的溪水、满城古韵的明清建筑等一系列自然人文景观烘托与渲染后显得更加挺拔秀丽与婆娑有致，诠释着黄姚人"宁可食无肉，不可居无竹"这一诗意栖居的生活态度。锅盖面也好，修竹也罢，因为日复一日年复一年地陪伴在我们身边，逐渐晕染成生活的底色。

　　一碗西津渡的锅盖面，在作者尝来并非纯粹只是舌头对味蕾的依恋，"更是生命生活的本质味道，融入了汗水、泪水与血水，融入了欢欣而破碎的津渡人生"。张燕玲从一碗滋味醇厚的锅盖面中，读到了它与码头文化的相生相应，读到了与救生会同心渡慈航的镇江宗教文化，读到了乡愁与牵挂乃至寄托，甚至读到了镇江历史上无数生死相依的爱情……一碗小小的锅盖面，便是一个世界，一种人生。黄姚的竹承载的也不仅仅是笔直修长的一抹绿色，更是一种竹节，一种竹性。作者由坐落在竹林中的欧阳予倩先生故居产生遐想，详尽叙述了战火纷飞的年代下欧阳夫妇在此如何举案齐眉红袖添香，欧阳先生又如何通过无羁的艺术探索保卫和发展中国文化。人物的气节风骨与中空、有节、挺拔的竹性联系起来，高度赞颂了战乱世界中文化人的抗争风骨与中华文明的珍贵记忆。《柠檬，〈柠檬树〉》中，作者透过柠檬这一再日常不过的水果联想到以色列电影《柠檬树》，传达了文学与艺术可以超越民族与过节互通互融的理念；在《惠州客家》中，作者通过一句亲切纯朴的客家话联系到客家人的迁徙历史，解读出他们自称为"客"的谦逊背后强大的文化自信；在《让家务进入孩子的日常生活》中，作者由"做家务"这件小事出发探究少儿教育问题，指出"家务背后是爱心，家务是生活的日常，是人与人之间有形与无形的契约关系，也是人类幸福的源泉之一"……它们虽来自生活中繁杂琐碎的点滴，但在那层平凡普通的外衣下却折射着作者对人生、历史、世界的透彻感悟，字字铿锵，掷地有声。

张燕玲的文字是有力量有厚度的，但这种坚定的力量中依然渗透着一抹柔情，这一点在她关于女性命运的探讨中表现得尤为明显。在《朝云，朝云》一篇中，作者将苏轼侍妾王朝云的坎坷一生娓娓道来，赞扬她高贵却温暖，圣洁且深情；在《地狱之门》中，作者讲述了电影《罗丹的情人》中著名雕塑家罗丹和年轻女雕塑家卡米耶的故事，唱响了一曲哀婉痛绝的女性悲歌；在《维也纳森林的故事》中，作者提到了《茜茜公主》系列电影中茜茜和弗兰茨·约瑟夫的初恋，认为"女人的神经血管、心灵毕竟有异于男性，只企盼真爱的女子最后只能弄伤自己的身体和精神"……

张燕玲在对女性心理和命运进行观照时，还融入了个人生活体验，文字紧贴着自己的内心意绪，同时也牵引着读者心扉，令人回味再三。比如在《家中有女初长成》一篇中，作者记录了小女儿相宜成长过程中的欢乐和大女儿热闹外表下的孤独、忧伤与敏感。在文章的最后，张燕玲写道："尽管女儿们时常会说一些傻傻的悄悄话，掉一些莫名其妙的眼泪，但她们天真地快乐着。其实，小女孩就是这样长大的。"此处，笔者读到一位母亲看着女儿们日渐长大的欣喜与慰藉，读到一份沉甸甸的母爱。

这大抵得益于张燕玲敏感细腻的内心与天马行空的想象。从她独到的视角看来，撕吃长长的茅山老鹅翅仿佛是吹着口琴，一只普通的包子就像一座小钟，女儿相宜领着腰上系一块花布的先生就好像丑小鸭领只黑天鹅……这些翻新出奇的比喻令人啧啧称妙，叹之笑之。诚然，这种挖掘和表达心情的能力必是根植于作者对生活深沉的热爱，对万事万物的万般情怀。人间的许多"不耐烦"经过作者的心灵浸染与文采润色，丝丝缕缕地呈现，将人间的情义与希望留在纸上，长存心底。

合上书页，当我重新审视此书书名时，好像终于读懂"好水如风"四字为何意。好水琐碎淅沥，润物无声且亘古绵长。而风者，风尚、习气也。生活中的许多物、人和事看似以零散的碎片化形式呈现，他们静默却长久的姿态甚至卑微到让人忘却和忽视了他们的存在。然而，正是这些无形无声之物陪伴我们度过了朝朝暮暮又朝朝，最终如同长风一般永久地存活于我们的生命中，在人生的白绢底面烙上难以磨灭的底色。

2018 年 12 月 27 日

于庸常处见从容

——读李满强《萤火与闪电》

《雅尚斋尊生八笺·卷十》曰："诗书悦心，山林逸兴。"一直以来，诗书与山林是互为补益、相得益彰的，后者为前者提供妙思与玄赏，前者为后者填充肌理、丰盈血肉。李满强笔下的诗句同样从自然风物中采撷意象，遐思凝想，将漫漶冥想间闪现的胸臆记录笔端。

诗集《萤火与闪电》收录了李满强百余首诗歌，分"预言""深处""线索"三辑，绘成一幅冒险者、救赎者、修行者的隐秘精神地图。李氏深沉的洞见和舒放的笔调拆解了现代诗歌的既定话语模式，以洒脱通透的诗意形成对物语既定焦距的成像。所谓既定焦距，是指诗人区别于旁人的诗歌具象，每一具象都与自己披肝沥胆亲密无间，汇聚成一隅洋溢着鲜明李氏风味的风景。

李满强笔下的意象往往源自一次庸常随意的行走——山坡上俯拾皆是的苍耳，古槐枝丫上漆黑的鸦群，街道上数着纸币的老乞丐……都是从日常寻觅与吟唱中获得的似神谕般的慰藉和发现。不过，李氏书写并非对风物浅尝辄止的抒情，而是以之为载体，深入探究、体察当下人们的内心状态。如《清明帖》中，他写被祭祀的先贤们因一阵风"惊慌失措，乱作一团/担心那些远道而来的子孙/会认风作父，李代桃僵"，思索传统文明在商业化气息日渐浓厚的当下何去何从；《一条铺满虫鸣的小径》中，以"当我厌倦了人们之间的谎言/就没有什么能够阻止两种孤独的事物/在黑暗中相逢，互赠心跳与萤火"的倾诉传递内心逃遁喧嚣后对自然和真诚的由衷向往。作者试图以其特有的自然观冲破现代文明藩篱，在浩浩荡荡的城市文明与市场经济大潮下构建属于自己的诗意栖居地。

李满强的诗歌，与其说是一种对现实的观照和觉知，不如说是一位行至中年者的自省与自度。寻常生活里值得注意却被忽视的地方，恰是作者浓墨之处。《整理骨头》中给父亲迁完坟的人在夜里"左手紧紧抓住右手/用力拿捏着自己——/时间已是中年，他开始提前/为自己整理骨头"，《背叛》诗中"譬如'口'/下面的一横/我小心翼翼，它/还是留下了很大的缺口/像我中年干瘪漏气的嘴巴"的文字隐喻，《给一个兰州诗人的信》中谈到的"人到中年，该换一种活法"，号召与年轻朋友一起"尝试着去爬山，在那南北高处：有着人们对这座城池的赞美和依恋/也有着我们未曾省察的幻灭与希冀"，都出自诗人的生命历练与思想火花，是李氏诗歌最不同凡响的精神所在。《就诊记》一诗采用医患间的一场对话叙述中年人的悲伤与症候，在反复被告知"你的各项生理指标都正常"后，患者仍"感觉很不舒服"，于是医生开出"闲情一克，书香五钱，舍得一两/以星空为药引，用清风煎服"的古方，称"不出一载，即可痊愈"！这是一名中年人历经岁月沧桑后面临孤独、疲惫嗟发的人生喟叹，同时，也是诗人在生存困境中继续侧身匍匐前行的一份自持与自勉。故此，在李满强笔下，我们品察不到一丝衰竭之气，反而咂摸出一种掩藏在淳厚苍劲文字背后平和从容的人生况味。

"以我观物，故物皆著我之色彩"，如王国维《人间词话》所言，李满强笔下的诗句，未尝不是他个体精神的集中投射。他以一颗敏锐细腻的诗心捕捉生活切片，借一点萤火、一道闪电的小小窗口挖掘内心深处的渴望与体悟，透过文本的罅隙，烛照诗魂。因此，李氏诗歌不止体现为一种文体风格，更衍生为一种雍和从容的风神气度，标举为一种情理圆融的修行思致和一种通明达观的生命哲学。

2021 年 9 月 30 日

让诗行照进现实

——读林白《母熊》

　　林白作为尤擅私人化写作的先锋作家，著有多部长篇小说，《母熊》是她重返诗歌写作后的一部新诗集，也是对当下的一种观照和记录。《文心雕龙·时序》篇曰："文变染乎世情，兴废系乎时序。"文学创作随世转，随时易，其更迭兴衰与时代变迁息息相关，作者写《母熊》，写的是一段特殊岁月，是数不尽的世事苍茫，是她困守家中时偶一闪现的遐思与断想。

　　与小说写作不同的是，《母熊》不仅作为文学体裁的"诗"存在，还是一本颇具观赏性与收藏价值的诗歌日记——集子中所收录之诗写于2020年，末尾处均无一例外标注了创作、修订的时间，书中附的十余幅有删改痕迹的手稿清晰呈现了诗人完整的创作思路，堪称一部真挚深刻的自我剖白之作。

　　在记录突如其来的疫情时，林白的诗歌语言或激越或平静，或温暖或冷冽，将对现实的幽微感触与内在思考以精妙质感呈现出来。如写"春天的确被分成了两半/一半在去年之前/另一半/在被口罩挡住的这边"（《节气：春分》）时的无限追忆，写"荷花向来是没有的/此时有连花清瘟胶囊"（《荷花苑》）时的些许无奈，以及写"十四天，拐点未到/红色的数字/悬挂在方舱之上/二月，用来痛哭"（《二月到三月［十二首］》）时的深刻写实，作者都以最富有穿透力的语言烛照现实，直抵人心。事实上，与其说林白的书写是对人类生存环境的真实抒发与情感宣泄，不如说是以一种浪漫手法传递诗人自身对生命的怜惜与敬意。无论何种情境，她总有可采撷的诗句在生活困境中搭建起一处处心灵栖居地，用来滋养、抚慰甚至疗救无处安放的灵魂——"我来替他们祈祷吧/愿他们永不闻哀鸿"（《二月到三月［十二首］》）。

这样的创作，是以诗歌特有的浪漫形式赋予琐碎凋敝的生活以生命张力。作者以敏锐的知觉与意绪不断感应日常每一处荒败、每一种心酸，并予以深切审视与不竭追问，从而成就一个无限自由的精神境域。在那里，掩盖在人们身上的苦难青苔不复存在，他们被放回至生命的旷野里，被许下"质本洁来还洁去"的诺言，他们肆意的哭泣与咆哮化为土地上兀自疯长的蔓草，或亭亭玉立的百合花。

居家经历或许是苍白甚至枯燥的。然而，因作者细腻敏感的诗心，它又是充满玄想与哲思的。《苹果》组诗中，林白以静物画的形式将书桌上一只与我"厮守"两个月的苹果从新鲜到缩塌再到荒芜，而后回归土壤让树长出新芽的全部生命历程暴露在读者面前。随着一只苹果"稀薄的芬芳"消散，"嫩黄、姜黄、橘黄"的色彩流动，"裹挟万物的汁液"退潮，最终会看见诗——"棕色的核"显露出来。作者从苹果这一实体的自然腐败写艺术之诗的诞生，是将"苹果"作为承载万物灵魂的感受器，也是对特殊环境下自我心理感受的深入探寻与捕捉。再如《白鹭》这组诗。诗人从在荷花苑邂逅白鹭写起，写白鹭身怀黑暗地穿过迷雾，写它用长长的黑喙凿开山石，对世界的激动无动于衷，也是借此晓谕身处苦难的人们，应如白鹭般拥有一双"如铁如钢"的翅膀，才能在黑暗中"裂开一道缝"，安稳地"降落在四月"。

文学理论家谢有顺曾说："写作是对人类心灵的探索，必定要研究生命的情状，探求生命的义理，留意生命展开的过程，对生命进行考据、实证、还原、追问。"我想，《母熊》的意义正在于此。林白以诗之名，在对内心审视、省察的基础上继续追问命运与生存等命题，以独特的跨界视野和诗性智慧书写现实，具有穿透人心的效果。她深切的人文关怀与真实的情感流露不断涌动与流连，冲破残酷岁月的层层浑蒙与混沌，与生命的律动肝胆相照。

2021 年 12 月 12 日

玲珑笺纸载春秋
—— 读薛冰《笺事：花笺信札及其他》

　　纸之精巧雅致、尺幅短小者，谓之"笺"。笺纸虽只方寸，却为历代文人骚客所钟爱，常用以写信、赠言、唱和、邀宴等，不一而足。在通信不便的年代，笺纸寄托了个体间的相思与关切，也折射着文人群体的诗情雅趣与交往风尚。文化学者薛冰痴迷醉心于此，毕四十年光阴沙里淘金、集腋成裘，终得以上溯渊源，下追变异，缔造出这个别有洞天的笺纸世界。

　　小书分为两辑。第一辑讲述笺纸、书札和信封的前世今生，对不同时代书信的变迁及其载体之衍生变化予以分析；第二辑的七篇文章以实物为例，对近代以来的书信分门别类进行介绍，通过解读花笺承载的厚重历史积淀与文化底蕴，提供一扇窥视晚清江南花笺和文人制笺的窗口。二百余幅笺札全彩印刷，平装裸脊装订，辅以笺纸与墨书相互叠加的内封处理，直给人一种古色古香、典雅美观的阅读体验。

　　略翻几页，便觉笺纸上有春秋——自南朝时花笺的滥觞开始，到唐代彩笺在士大夫中风靡一时，再到宋元时期米芾《评纸帖》与费著《蜀笺谱》的流行，诗笺渐成文人时尚，到了明清，两部重量级笺谱《萝轩变古笺谱》《十竹斋笺谱》的问世更是将笺纸艺术推向巅峰。近代以降，西方新式印刷技术的引进将绵延数千年的传统版刻技术挤出市场，取而代之的是新式信纸、洋纸笺和机制信笺生产。与之相应，笺样也由原来的汉瓦周壶铭文掌故演变为符合新派人物特质的听电话图、绒线手工图和拍网球图等等。上千年时代变迁，花笺发展伴随着掌故流传。其中有浣花溪畔的女诗人薛涛专制红色小笺写成小诗并被传为佳话，有苏轼、黄庭坚、梅尧臣等人的诗集中向人索纸、谢人赠笺之记载，还有《萝轩变古笺谱》采用的成熟彩色套印与具有凹凸效果的"拱花"技艺。无论存在于何朝何代的花笺，总有极富诚意的文化细节可供采撷，进而将这些琐碎笺事打造成一把精准破译笺纸密码的新钥匙，借此传达作者收藏研究之意趣。

诗笺唱和见世情。尺牍留真下被封缄的故事不仅记录了笺纸历史上的春秋与冬夏，对传统文人的交友情趣亦具有窥一斑而知全豹的作用。譬如将司马相如琴挑卓文君作为笺样的"知音芬芳"笺，常被用作情人间传递爱意的信物。再如抗日期间，曹文麟赠诗好友顾贶予所用的套色树屋花笺，象征着两位南通教育名宿历经战乱后"朋侪无恙继前缘"的真挚情谊，实乃不幸乱世中之万幸！还有吴大澂自制的"龙节"笺，雕印所藏龙节正、背两面拓本，因与虎符同为君臣间重要信物而显得尤为珍贵。这些笺纸，或寄托着执笔者的志向与心意，或流淌着一段风雨飘摇抑或太平盛世的年华。它们流传至今，成为古人性情与爱癖、友情与品味的一大见证。

作为人际间交流的一大工具，笺札还具有相当的文化价值与史料价值，可补苴当下史学研究之罅漏。程氏兄弟名帖、潘钟瑞名帖，是为拜访有声望、有地位之人所作的"名片"，对当时的交际史研究颇具参考价值。而以宣纸和毛边纸印制的形似笺纸的发票，上面则写明了商品物价、流通情况、商家责任与免责范围、自我宣传及商品广告，还有"发奉""宝号""贵客"等商业礼仪用语，不失为一种经济史资料。当发票收集到一定数量，票面上标示的商铺地址还可作为城市史资料，折射出街市的繁华程度。

笺纸发展至现代，使用者渐少。鲁迅先生曾担忧道，"此事恐不久也将销沉矣"，于是与郑振铎先生多方搜集此物，请荣宝斋木版水印成《北平笺谱》，延续至今。薛冰的《笺事：花笺信札及其他》一书，也是在笺纸艺术即将淡出大众视野的当下，再度领着我们去时间的地平线外旅行，用古往今来花笺上的春秋拓展我们生命的自由度和容积率，以求让生存在钢筋森林里的读书人，能够穿越历史风尘，捕捉住那一丝遥远的温度与情意。

2021 年 12 月 22 日

闲读诗书慢著文

——读朱华丽《闲书慢读》

古诗有云："枕上诗书闲处好，门前风景雨来佳。"这"闲"字的境界，恐怕唯有嗅着香茗静翻书页时，方可体味到。朱华丽的《闲书慢读》，就予人这样一种适意的美感——平和从容的文字透过油墨浸润心田，滋养着世间恣意张扬抑或躁动不安的灵魂。

所谓"闲书"，是作者自谦之词，也是对此书风格的精准定位。闲书慢读，意为闲雅之书需细嚼慢咽，慢慢品读。作者秉持这一读书理念，将五十三篇读书笔记汇成"风物编""古意编""哲思编""转境编""诗情编"六编，漫谈自己在阅读过程中领略到的风景与人物。她如勘探者般将经典作品中丰富的文字矿藏开采、挖掘，现于笔端成一家之言，供阅读爱好者参考借鉴。

此书的写成，不仅有作者静下心、沉住气撰写之功，更有对知识、学问刨根究底式的研读。无论是《草木滋味》《云端上的日子》《大围涂》等近年来广受好评的新作，还是《世说新语》《围炉夜话》《随园食单》等穿越历史风尘历久弥新的古籍，又或是《美丽新世界》《一九八四》《时间机器》等蕴含哲思发人深省的外国文学，朱华丽都试图站在写书者的视角，沿着原始的创作足迹触动思考，外拓最初的知识边界，生发出或新颖或深刻的观点——在当下，这当然是一场关乎灵魂的修炼，就像作者在后记中所说："阅读最可贵的地方在于它更能给予我安静独处的空间进行独立思考，尤其在一个信息碎片俯拾皆是的时代。"

令人欣喜的是，此书并非大而化之的条目罗列，也绝非浅尝辄止的表层赏读，而是一部掺杂了自身思考的有深度、有情怀的阅读心得。比如《奏响回家的旋律》一篇，作者通过对鲁引弓《小别离2》的细读，从创作历程、情节架构和叙事模式等多个维度剖析小说意欲阐释的中国教育之殇和生存环境之痛，并提出"教育乡愁"这一崭新的时代命题，对鲁氏小说所指向的中西文化冲突、传统价值观被颠覆、成长之痛的叹息等现象级社会议题予以揭示，彰显出厚重的语言质感和深远的现实意义。

如果说有深度的思考架构起书的经脉与气血，那么有温度的文字则赋予此书辽阔高远的精神境域。朱华丽的思考不是穷追不舍式的诘问，而是通过对书中风景的解读与世界达成和解。在《"清谈"随谈》中，作者将那些狂狷名士的高谈阔论视为一种新的思维方式，认为他们"让那段黑暗的历史有了不同的声音，让那段时间变得更加鲜活丰满"；在《书中的未来之一：世界是否依然美丽》中，作者通过阅读英国作家阿道斯·赫胥黎的《美丽新世界》，认为唯有"感激每一种思想、每一份情感，欣赏每一种差异"，才能获得属于我们自己的美丽人生和多彩世界；在《与忧虑共处》中，作者在弗朗西斯·奥戈尔曼的《忧虑：一段文学与文化史》中找到化解精神困厄的良药，总结出"精神痛苦未必是件坏事"，以一种更坦然美好的心态拥抱忧虑才是过好生活的最优解……人们常说，文学是有气脉的。《闲书慢读》呈现的气脉，就是一种对复杂世界的宽容理解，它使作者与读者间、今人与古人间灵犀相通，架起隐形的沟通桥梁。

当然，这离不开作者深厚的文学底子。读袁枚的《随园食单》，她联想到陆羽的《茶经》，元代的《饮膳正要》和《红楼梦》中海棠花式雕漆填金云龙献寿的小茶盘；读《造物之美》，唤起了她对《庄子·天地》《荀子·修身》《孟浩然集序》等古籍的记忆。朱华丽总有可供采撷的文字，促成不同文本、不同心灵间的交流。

闲书慢读，是一种平和闲雅的生活姿态，更是一种境随心转的通达心性。书中有深思，也有顿悟，既稳重，又显跳跃。对作者来说，它是多年阅读写作的一份答卷；于读者而言，则是一场跨越时空的精神化缘。

2022 年 2 月 27 日

手艺人生方寸间

——读赵勤《这不是手艺，这是生活》

在这个讲究速度的时代，慢工细活显得尤为可贵。翻开赵勤
的随笔集《这不是手艺，这是生活》，时间似在不经意间放缓了
脚步，书中的人、物与事于记忆中逐渐清晰，在作者不加雕琢的
叙述中呈现出不竭生命力。

本书借"手艺"之名，却并不聚焦于细致烦琐的手艺制作过
程，而是以非虚构文学的方式记录当下手艺人的个体生存境况。
酿酒、编织、做琴、开脸、捏泥、厨艺、美甲……作者将自己多
年来游历各地的经历与见闻穿针引线，缀句成文，精心收录十八
门手艺及其背后的十八位手艺人触动人心的故事，使读者思考在
传统与现代的交汇中，生活在方寸世界里的手艺人该何去何从。

真实，是此书撰写的主基调。全书约十九万字，共十八篇，
不长的篇幅下，赵勤以一颗细腻、虔诚的心还原了人物出神入化
的手艺——竹器大师李淑芳老成持重又不失活泼灵动的编制手
法，"乐器王"艾依提·依明洞悉木头选材的超凡眼力，足疗技
师阿霞刮、拔、按、捏时使用的巧劲，侗妹一手密密匝匝、稀疏
得当、松紧适中的纳鞋底针线功夫，开脸师傅阿洁在毛线扯开、

合拢间娴熟的绞脸毛技艺……凡此种种，无不折射出作者对传承、步骤、难度、材料的质地等工艺情况事无巨细的关注。在写具体的制作场景时，作者的观察细致入微。如《建平的泥塑世界》一篇中写捏泥艺人建平用双手"左捏一下，右捏一下，上边抻一下，下边拉一下，再挨着捏一圈"，一条京巴狗的轮廓霍然显现。质朴的语言，繁复的工序，既道出了手艺人的讲究和细致，也侧面彰显出采访者的用心。

值得一提的是，该书在装帧形式上亦体现了"手艺"之妙。封面和封底以沉静蓝热熔纸精心压印图案，似雕刻般呈现手艺人的劳作场景；内页八幅专为此书而作的黑白线描画生动刻画了书中手艺人；线装技术更是在细节处传达了精益求精、艺无止境的手艺精神，使全书具有一定观赏性与收藏性。

当然，手艺吸引人的，不只有高超的技艺与精致的物件，还有历尽千辛的学艺经过；手艺人做成的，也不只是生活中司空见惯的器物，更是承载着制作者情绪、温度以及内心隐秘的珍贵物件。正如赵勤在后记中所言："刚开始，我更关注手艺本身……随着采访的深入，我知道了他们的困惑、开心、难过以及种种复杂的人生滋味。"作者寻访手艺人的过程中，采撷了他们曲折动人的生命体验和灵魂跋涉的心路历程，并将自身认知与感受融入其中，令人动容。在《你懂那双布鞋吗？》一文中，侗妹向男子送出的手艺精巧的布鞋，是侗族姑娘表达爱意的含蓄方式；再如《带刀的老范》一篇，开烧烤店的老范身后，藏着二去"鬼门关"的传奇经历和不堪往事；还有《手工调色，不简单的刷》一篇中，油漆匠李浩勇曾经疯狂迷恋辅导员欧老师，闹得人尽皆知……一桩桩、一件件掺杂着过往喜怒哀乐的人生故事汇成纸上烟岚，领着读者走上街头集市、草原田间，了解书中手艺人的过往、迷惘与思索，在与他们同悲同喜的历程中传递出中华传统技艺历久弥新的厚重底蕴，洞见一代代手艺人持之以恒的初心坚守，就像《安顺的回家路》中师傅常对安顺说的那样，酿好一坛酒需要靠心性，守住一门技艺也需入心、入情。窃以为，作者写下这些个人际遇时，必是怀着恬淡平和的心情，将方寸天地间的不凡人生淋漓尽致地呈现。

在这个意义上，《这不是手艺，这是生活》不仅是一部简约丰富的民间手艺史，还是一个作家心灵成长的精神秘史。它不仅以作者自己对手艺人生存状态的独特观察，为传统手工艺提供了一种全新认知方式，而且是"国潮热"的当下，一部礼赞平凡而闪亮的民间精神的生动画卷。

2022 年 8 月 16 日

第五卷

名家风流

冯惟敏：豪气难拴缚

　　《海浮山堂词稿》是由曲学专家凌景埏与谢伯阳两位先生在
1981 年版《海浮山堂词稿》的基础上修订重刊而成。此书以郑振
铎旧藏《海浮山堂词稿》钞本为底本，在此基础上与明嘉靖丙寅
刻本、明代汪廷讷环翠堂刻《坐隐先生选本》、任中敏编《散曲
丛刊》本三种刊本进行比勘，还参校了《北宫词纪》六卷、《南
宫词纪》六卷、《南词韵选》十九卷等十种曲选别集。

　　冯惟敏（1511—1578），字汝行，号海浮，山东临朐人。生
于明正德六年（1511），卒于万历六年（1578），享年六十八岁。
冯氏的父亲冯裕于正德初戊辰年（1508）登进士，使冯氏家族由
平民进入官宦阶层。冯惟敏兄弟四人也因此受到良好的教育，在
科举与文学上有所造诣：长兄惟健，嘉靖七年（1528）举人，有
《陂门山人文集》；次兄惟重，嘉靖十七年（1538）进士，官行人
司行人，著有《大行集》；弟惟讷与惟重同年进士，历任宜兴知
县、江西左布政使等官职，著有《冯光禄诗集》以及《风雅广
逸》《文献通考纂要》等学术著作。冯惟敏二十七岁前跟随父亲
读书宦游，兼尝山川灵秀与奔波之苦，并奠定了致君泽民的理

想。二十七岁中乡试，之后的二十五年间他先后九次进京会试，却屡试不第。五十二岁做上涞水县令，又一路被贬，先后任镇江教授、保定通判、鲁王府教授等职，直至隆庆六年（1572）辞官归田，万历二年（1574）被朝廷正式除名。仕途不顺的冯氏将一腔怨愤投入文学作品中，著有诗文集《冯海浮集》《石门集》，散曲集《海浮山堂词稿》四卷以及杂剧《不伏老》《僧尼共犯》等。

冯惟敏一生著述宏富，诗、词、文、赋、散曲、杂剧，不一而足。其中以散曲数量最多，成就最大。明代中后期的文坛被"燕燕轻盈，莺莺娇软"的婉约靡丽之风笼罩，文采藻饰却意兴萧索的南音充斥着曲坛。冯氏散曲矫去时弊，承袭元代前期文学传统，利用北曲的音乐形式创作了大量富有强烈现实批判精神的作品，内容取材愤世避世、逸兴林泉，语言风格恣肆泼辣、率真质朴，被誉为"北曲最强音"，在中国散曲史上有着不容忽视的地位和影响。

《海浮山堂词稿》分为四卷，共收录小令五百二十二首，套数四十八篇，是一本有较高学术价值的散曲著作。其中许多作品以批判政治为题材。明代中后期政治日益黑暗，贪官污吏横行，士夫风气也每况愈下，文人士大夫对朝政现实普遍不满却又无力抗争，甚至经常招致祸端。如冯裕在松江华亭知县任上曾被诬陷下狱，后担任贵州石阡知府时又被迫致仕还乡，冯惟敏本人也曾有触怒酷吏而遭受押解之灾的经历。如嘉靖三十六年（1557），巡抚监察御史段顾言巡按山东，酷刑治民，敲诈民财，百姓苦不堪言。次年冯氏家族因地产讼事，惟敏为段顾言所虐，逮系之济南，数月乃放。亲历官场黑暗的冯惟敏由原本"只想把经纶大展"的意气风发转为悲愤与失望，他在【点绛唇】《改官谢恩》中写道："俺也曾宰制专城压势豪，性儿又乔，一心待锄奸剔蠹惜民膏。谁承望忘身许国非时调，奉公守法成虚套。没天儿惹了一场，平地里闪了一跤。"此外，他还在【般涉调耍孩儿】《财神诉冤》、【双调新水令】《十美人被杖》等作品中揭露黑暗的政治环境，在曲及曲的序跋中讽刺贪官酷吏的丑陋行径，嘲谑官场，贬斥时政。

这些嬉笑怒骂、泼辣诙谐的曲作一方面反映了冯惟敏率性而发的个性和是非分明、敢于斗争的精神，另一方面也透露了冯氏济世爱民的仁爱之心。他在作品中表达的情怀远远超越一般文人士大夫怀才不遇的个人悲愤感悟，而彰显出了一种体恤民隐、亲民爱民、仁者兼济天下的儒者博大胸怀，正如郑骞所谓"纯粹儒家者流也"（《冯惟敏及其著述》）。冯氏"先天下之忧而忧，后天下之乐而乐"的情感起伏在不少散曲中都可读到。如小令【玉芙蓉】《喜雨》中"年成变，欢颜笑颜，到秋来纳稼满场园"一句与【玉芙蓉】《苦雨》中"三时不雨田苗旱，一雨无休水潦宽。民愁叹，号天怨天，这其间方信道做天难"之句同为写雨，但作者心情却因两场雨分别给百姓带来了喜与忧而截然相反，他因带来收成的"好雨"喜上眉梢，也对造成涝灾的大雨深感忧虑。冯氏散曲中这类关切民生疾苦的作品不在少数。【折桂令】《刘谷有感》写道："麦也无收，黍也无收。恰遭逢饥馑之秋。""官又忧愁，民又漂流。谁敢替百姓担当？怎禁他一例诛求！"在【清江引】《戊寅试笔》中甚至直唱"谷贱伤农传自古，并不分贫富"，为"抛荒了好庄田千万亩"忧心如焚，可见他一忧一患皆在民，并不断向朝廷和官府发出谨告与呼吁。

当然，冯惟敏作为"儒家者流"，"学而优则仕""为政以德"必然是他的思想核心与行为准则。在【朝天子】《感述》中他曾畅想过高尚的政治理想和远大抱负："天地无私，文章有用，保山河大一统。效忠、奉公，莫虚耗堂食俸。"然而，由于冯氏屡遭谤垢和贬谪，这样政通人和的图景就只能在文学作品中实现，最终只得无奈发出"官清气不长，财多福自来。……奴颜婢膝终须贵，义胆忠肝反见猜"（【端正好】《徐我亭归田》套）的仰天长叹。难能可贵的是，志向无法施展的冯惟敏并不似大多数士夫骚人般怨天尤人，歌哭不平于山水间，而是以"凭着顶触佞嫉邪獬豸冠，且不问眼皮上前程近远"（【新水令】《忆弟时在秦州》）的凛然气概，竭尽声色写时政与民生，写下许多讽世骂世，为民请命喊冤的佳作。如【端正好】《徐我亭归田》套、【清江引】《八不用》令、【醉太平】《李中麓醉归堂夜话》令等曲作，在反映冯惟敏爱民如子、清正不阿精神品质的同时，还展现了明代中后期官场的真实画卷，富有珍贵的文学和史学价值。

总之，通过凌、谢两位先生的点校整理，我们得以领略冯惟敏散曲中蕴含的历史意义与人文感动。它是作者期望实现政治抱负和治国理想，却因种种原因无法达成所愿，从而将自己的心绪酣畅淋漓地宣泄在曲作中而实现的非凡成就，正如任中敏曾言："海浮曲全是一团拴缚不住的豪气。"这从侧面体现了冯氏壮志难酬却时刻挂怀苍生的儒者仁心，郑骞称之为"以儒家的思想襟抱放在曲子里边来代替道家的气氛"（《冯惟敏与散曲的将来》），是作者在对现实失望的情况下被迫"超脱"的显现。

四百多年前，冯惟敏追求的"浴乎沂，风乎舞雩，咏而归"（《论语·先进篇》）之境界以及惩治贪官污吏的意愿与当今社会反腐倡廉的时代风尚如出一辙，政治的清明与人民安居乐业是人们千百年来不变的追求。因此，对冯惟敏散曲的研究还有许多空白需要我们去填补和开拓，它对于当下社会的启示意义也同样发人深省。同时，这也意味着关于冯氏散曲的研究只有一次次新的起点，没有终点。

2019 年 5 月 11 日

王国维：思静则心安

生于书香门第，他是抗金名将王禀的后代；长于故乡海宁，他继承了学养深厚、学人辈出的乡风；学于博学之父，他自幼博览群书，涉猎传统文化的各个领域。他是王国维，带着博涉多面、静握书卷的家风，逐渐形成了读书的志向和兴趣。

王国维，中国近代最后一位重要的美学和文学思想家。他第一个试图把西方美学、文学理论融于中国传统美学和文学理论中，构成新的美学和文学理论体系。王国维的少年时代，是接受传统教育，接受旧学的时期。1894 年，王国维在两次应府试和科试不第后赴杭州考入崇文书院，并在博览群书的过程中对史学、校勘、考据之学及新学产生了兴趣。1894 年甲午战争以后，接触到新的文化和思想的王国维产生了追求新学的强烈愿望。他静心研读外洋政书和《盛世危言》《时务报》《格致汇编》等书籍。1898 年正月，王国维由父亲王乃誉亲自陪送，踏上了赴上海求学的征程，入《时务报》馆。这一时期他学习了康德、叔本华等德国哲学家的思想，努力将自己学到的新思想与中国文化发展的历史经验相结合，在文学创作，特别是美学上做出了划时代的贡献。辛亥革命后，王国维退避到日本，全力钻研中国古代文化，尤长于古代史、甲骨文、考古、音韵之学。后又回上海，在英籍犹太人哈同办的学校教书、编杂志，取得学术上的丰收，学术研究走向成熟。1923 年，王国维从上海到北京。在清华大学国学院当导师的同时，也当了退位的末代皇帝的文学侍从。在清华园的文化环境中，他对学术做了多方面的开拓。这是王国维学术研究的丰收时期，也是他人生的顶峰。

王国维的童年生活颇为孤独。四岁时，母亲凌夫人不幸去世，他的姐姐蕴玉当时才九岁，本身还没有自主生活的能力，再加上父亲王乃誉在他十一岁前一直在外地谋生，因此他自幼依赖祖母范氏及叔祖母抚养，形成了"寡言笑"的个性。王国维七岁入私塾就读，十一岁时，因奔祖父丧归乡，于是留在乡里日夜苦读。除了《十三经注疏》是王国维从小就不爱读的，其他的书他每晚从私塾回来后，父亲王乃誉一定亲口传授、躬亲教导，有时候学习至深夜依旧不停止。在父亲的谆谆教导下，他不仅精通诗文时艺，还熟悉了骈文、古今体诗，这无疑为王国维日后研究金石和诗文打下了良好的基础。

王国维十六岁时考中秀才，与褚嘉猷、叶宜春、陈守谦三君，并称"海宁四才子"。陈守谦比他年长五岁。他后来在给王国维的祭文中曾说："余长君五岁，学问之事自愧弗如。"可见王国维先生的学问在当时就已被有学识者承认和敬仰。但王国维的父亲还是要求他精益求精。王国维的父亲只是小职员出身，是个当过幕僚的读书人，王家到了他这一代，可谓家道中落，于是王乃誉弃文从商。在他贸易之暇，他还攻书画、篆刻、诗词、古文，文名扬于千里。而且，他还有望子成龙以振兴家声的美好愿望。他曾在日记中屡屡申饬长子王国维学业不进。光绪十七年（1891）十月十七日日记中，更是伤心地感慨道："可恨静儿之不才，学既不进，（又）不肯下问于人。而作事言谈，从不见如此畏缩拖沓，少年毫无英锐不羁，将来安望有成……患吾身之后，子孙继起不如吾……盖求才难，而欲子弟才过父为尤难。"可见，在父亲眼中，王国维缺乏英锐不羁之气，甚至有些畏缩拖沓。事实上，王国维最终成为新史学的开山鼻祖、新文化的健将、中国现代学术的精英，都离不开童年时期父亲对他的严格要求。

王国维喜爱静坐读书，并身体力行，将"思静而心安"的家风世世代代延续下去。他对待孩子表面上并不亲热，但心底却有深厚的感情。家里的老佣人曾回忆王国维女儿出生时的情形，王国维对人说："我们家里已有四个男孩子，现在得了女儿，宛如'一堆米里捡一粒谷'，很是难得。"所以女儿小时候，王国维抱她最多。

1925年4月18日，王国维从北京迁居清华园西院，他的妻子则带着几个孩子在11月来到清华园和王国维同住。他们一家人在那里享受了天伦之乐，可是好景不长，王国维竟然沉湖自尽。

虽然王国维先生已辞世多年，但我们有幸发现，他身上所具备的淡泊名利、静心钻研的精神被王家后人薪火相传。王先生的次子王仲闻先生也是一位学问奇人，更是蒙尘已久的国学大家。他精熟唐宋文献，以"宋人"自诩。他尤长于词学，曾任中华书局临时编辑，还曾参与《全宋词》的校订工作。撰著有《李清照集校注》《唐五代词》《南唐二主词校订》《读词识小》及《蕙风词话·人间词话》（校注）等。王仲闻的儿子王庆山在谈起王家几代人的兴衰时，曾感慨："可能还是遗传，性格上有相似的地方，我们家的人都不能顺应潮流，把名利看得很淡。"可喜的是王家后人不仅有出色的男儿，更有杰出的女子。王国维先生的小孙女王令之女士就是一个很好的范例。2007年，王令之应海宁市政府邀请，参加了纪念王国维诞辰一百三十周年暨国际学术研讨会；2011年，她还曾在清华大学国学研究院与艺教中心共同举行的"大地清华：纪念清华国学院导师王国维《人间词》音乐会"上作为特邀嘉宾，被请上台发言。王令之当时说："举办这场音乐会，对于在高校普及王国维《人间词话》、深刻发扬王国维的自由精神意义重大。"

另外，王国维长女王东明还撰写过首本王氏家族回忆录：《王国维家事》。王东明多年一直默默收集王氏及其后人资料，并撰写文章回忆父亲王国维。书中对于童年王家旧事、大师清华逸事、大师自杀之谜，以及王氏后人的百年飘零均做了深度记述。王国维嫡孙王亮系王国维研究专家，也为《王国维家事》提供了《王国维全集》未收录的珍贵史料，与王东明先生及国家图书馆收藏的大师珍贵文献一道，全景再现了王氏一族百年变迁史。也正是因为一代又一代王氏后人对"思静而心安"家风的传承，国学大师的学识和情怀才得以一路高歌，溢满馨香。

2016 年 11 月 1 日

郭绍虞：寒门有书香

　　在清末民初的中国，出国留学可称得上一种风潮。许多知名学者和作家，如鲁迅、徐志摩、胡适等，均有过留洋经历。但对于家境清贫的学子而言，由于乏人推荐，且家庭经济负担较重，即使想留学海外也出国无门。著名的中国古典文学研究专家、教育家、语言学家、书法家郭绍虞先生便是这众多的寒门学子之一。

　　虽然出身寒门，但郭绍虞家中不乏学习氛围。也许正是因为缺少求学机会，他和兄长郭际唐才更加珍惜来之不易的读书时光。勤学苦读的家庭气氛使郭绍虞在学术、书法、艺术等方面都有所造诣，成为一代大家。成家后，郭绍虞先生也很注重对孩子的教育。其立身行事仁慈宽厚，治学却追求严谨科学。在他完整人格的影响下，家里形成了安贫乐道、勤奋好学、同心和睦的良好家风。

　　郭绍虞先生出生于清光绪十九年（1893），江苏苏州一个极其清寒的书香门第。先生的祖辈里曾出过前清举人，父亲郭鲁卿虽没有考上功名，是一介寒士，却也满腹经纶，饱读诗书，且尤擅书法，曾担任过文书、校对等工作，还做过家庭教师。在父亲的熏陶下，郭绍虞自幼便爱好文史，酷爱读书，并研摩父亲的书法。六七岁时，他就开始读《三字经》《唐诗三百首》《古文观止》等一系列古文书籍，对中国古代传统文化产生了浓厚兴趣。

不幸的是，由于家境贫寒，经济条件不允许，他仅在元和高等小学正式读过几年书。在陆尹甫、陆雨庵二位老师的指导下，他读过诗书与明代的一些遗民著作。在裱画店、古玩铺、旧书摊上，他也接触了许多名人书画和历代各种文物，以及各类版本古籍，大大开阔了眼界。因为学习机会不多，这些店铺和地摊都成了他的街头"博物馆"和"图书馆"，使他流连忘返。郭绍虞读完小学后，又由亲友资助，到苏州工业学校读了一年书。这期间，他还连续办过几期《嘤鸣杂志》，后因经济困难不得不辍学出来工作，帮助度日维艰的家庭。因此，先生的最高学历只能算初中肄业。

虽然缺少学习机会，但家中尚学的风气并未因此减弱。郭绍虞和哥哥郭际唐自幼在粗衣淡饭中生活，深深懂得稼穑艰难，也更明白学习的重要性，感到一定要发奋苦读，自力更生。初中肄业后，先生边工作边自学，别人放假、休息、游玩的时间，他却愿意付出比常人多几倍的汗水与心血，无论寒暑都伏案攻读。他"人穷志不短"，以书为师，只要见到有用的书，有钱就买，没钱就站着看，边读边记。不仅读，而且思，经常给自己提出许多"为什么"的问题，以此培养自己独立思考的能力。先生的兄长郭际唐是一位有学养的中学教师，弟兄俩互通有无，手足情深，感情尤其深厚。在家中，郭绍虞尊老爱兄，时常自己节衣缩食，赡养父母却很丰盛。郭家世居苏州，由于家境贫寒，并无房产，一直租房居住，条件差，还经常被迫搬迁。1927 年，先生任燕京大学教授后生活较为安定，也略存积蓄，遂在苏州购下大新桥巷一处建于晚清的普通民居以奉养父母安度晚年，并请当时在家乡任教的兄长一家陪伴父母同住，自己则常在假期回苏州看望双亲。其孝悌之心可见一斑，温馨和睦的家庭关系也令人赞叹、欣羡。

郭绍虞的夫人张方行女士毕业于早期的上海民立女中，曾先后在福州女子师范等学校任教，也是一位有学识有涵养的读书人。在先生逝世之后，张方行还为他整理了《照隅室杂著》，由上海古籍出版社出版。夫妻两人不仅在治学上严于律己，有长年不息的治学精神，在教育子女上也颇为用心。在《怎样自学》一书中，先生曾劝说孩子们："多浏览各方面的古籍，不要局限于一部分。"他不提倡孩子们一心当专家，只从小范围入手，而是要求打通文史哲，"基础愈广愈好"。这是他自学成才的甘苦之言，也成了教育孩子的箴言。

此外，书法也是郭家的一大家学渊源。其五世祖根梅公就以书法著称，父亲鲁卿公也写得一手好字。郭绍虞对家传手迹、名家墨宝常常凝神品玩、临摹，深得其精髓，即使到了晚年仍然孜孜不倦。先生极力主张对青少年要加强书法教育，同时他自己也身体力行，不仅在家以大学教授的身份当起孩子们的书法启蒙老师，还会在爱好书法的邻居家孩子上门请教时给予悉心指导。后来他体力日衰，双手颤抖，但仍坚持著书；将一根竹竿悬在天花板下，竹竿下再挂粗料圆圈，将右手伸进圈内以稳定腕力，然后握管作书。对青少年学书法，他有一套见解："以为临习正楷、行书为主。"正楷方面，他觉得"欧体险劲过之，似不宜初学；

虞世南、褚遂良的字体既沉厚稳重，又流动顾盼，是临写的范本。行书可学苏（轼）、黄（庭坚）、米（芾），然米点画跳荡，切不可沾染其习气"。他最反对孩子学书法时不重基本功，书写怪奇之体，眩人耳目。关于书法的教学，他还曾写过一首小诗："书法小道本平常，稍涉玄微转渺茫。悟到我行我法处，随心弄笔又何妨。"

郭家后代出现不少在各行各业出类拔萃的人才。比如郭绍虞的儿子郭泽弘曾担任中国武装直升机直8、直9的总设计师，还在2014年珠海航展上荣获美国西科斯基直升机终身成就奖。再如外孙女穆紫荆也是一位知名作家。年幼的穆紫荆在外祖父的耳濡目染下，与文学、写作结下了不解之缘，现已任欧洲华文作家协会理事兼副秘书长、中国庐山陶渊明诗社副社长、欧洲华文诗歌会创始人等多项职务，还著有《无声的日子》《一份额外的礼物》《又回伊甸》等一系列代表作。

寒门有书香，寒门出孝子。郭绍虞的一生是一个寒门学子不甘没落而手不释卷的一生，也是一个寒门学子懂事明理且尊老爱幼的一生。这种和睦上进的家风，是每一个家庭成员的人生瑰宝，也是中华民族的优秀传统文化得以代代相传的重要途径。

2018 年 8 月 5 日

霍松林：唐音韵不绝

2017 年 2 月 1 日中午，著名中国古典文学专家、文艺理论家、诗人、书法家、陕西师范大学终身教授霍松林先生于西安辞世，享年九十六岁。

先生一生致力于文学事业，他在生前曾说："我这一辈子很简单，就是围绕文学，做了读书、教书、写书三件事情。"一生做了三件事，但每一件都经先生苦心耕耘，每一件都做得登峰造极，以至于文学界人士听闻先生之名，无不肃然起敬。著名作家贾平凹就曾说过："我父亲看霍老的书，我也看霍老的书，两辈人都是霍老的读者。在西安的空气中，到处都有霍老的味道，能与霍老生活在一个城市，真是幸运。"他还称，自己初中毕业那会儿翻父亲的书，里面就有霍老的《文学概论》，可是那时的自己还看不懂，并笑称"在霍老面前我就是个娃"。

而今，先生虽再也不能阅读、创作和教学，但他为学界遗留下来的大量文化瑰宝，已化作一缕清绝的塞上唐音，影响着后世一代又一代学者。

从父受教，结缘于诗

霍松林先生字懋青，于 1921 年 9 月 29 日出生于甘肃省天水县琥珀乡霍家川，是著名的文艺理论家、古典文学研究专家、诗人和书法家。他曾担任过中国诗词学会副会长、陕西师大文学研究所所长等职务，并曾获"改革开放三十年陕西高等教育突出贡献奖""中华诗词学会终身成就奖"等重要奖项，著有《文艺学概论》《历代好诗诠评》等三十多种著作，主编《中国古典小说六大名著鉴赏辞典》《辞赋大辞典》等五十多种。

霍松林先生的父亲霍众特是一位熟稔儒家经典的饱学之士。他因家境清贫，十三岁才上学，经过刻苦攻读，十六岁即中秀才，且名列前茅。接着进陇南书院深造，颇受山长任士言的赏识，在写作方法、治学门径等方面都得到教诲。可惜的是，先生的父亲虽胸怀治国理想，却生逢乱世，壮志难酬，科举制度废除后，便回乡下教书、种田、行医。因此，他对资质不凡的小儿霍松林寄予了很大希望。

从三岁起，霍松林便跟随父亲认字读书，一直到十三岁，才进入当地的新阳镇小学就读。按照传统的教育方式，父亲先教他背诵《三字经》《千字文》《百家姓》，他学会了大量汉字；然后通读"四书"及《诗经》《古文观止》《唐诗三百首》等著作，打下扎实的古典文学基础。日后，先生在回忆往昔时，亦谈到从记背的硬功夫中获益匪浅："记和背是需要的，关键是记什么、背什么。通读、背诵重要的古籍和诗文名篇，似乎很笨，其实最巧，巧在用力省而收效大，既提高阅读能力和理解能力，又扩大了知识面，研究、写作、记忆和艺术感受能力也得到了培养。"在从父受学的时光里，年幼的霍松林不仅能熟读"四书""五经"等古籍，还站身姿，练书法，临帖运笔，十余岁便能为众邻里写春联。六七岁时，霍松林先生开始学作诗文，从五古、七古、杂言体到律诗，均得通晓，十二岁时已能成诗。先生自幼在文学领域显露的聪颖天资，使他以"神童"之誉闻名天水。

先生在九十三岁高龄时回忆往事，还能清晰地记起父亲教给他的第一首诗："一去二三里，烟村四五家。亭台六七座，八九十枝花。"在幼年的霍松林眼中，"一首诗把从一到十的数字巧妙地组织在诗句中，有景有情，好认易记，平仄也合律"，这不仅有趣，甚至奇妙。也正是从那时开始，他与古典诗歌结缘，并与之相伴一生。

当然，霍松林先生从父亲处受教的远不止文学知识，还有踏实严谨的治学态度。有一次，幼时的他和父亲一起登家乡的骆驼峰，登临山顶时，只见渭水波涛翻滚，群山丛岭低头。父亲告诉他，一个人从幼年开始，应有"会当凌绝顶，一览众山小"的志向，然而"行远必自迩，登高必自卑"，躬行必须脚踏实地，循序渐进。父亲的谆谆教导，鞭策着他在未来漫长的文学路上笃志前行。

到了霍松林先生十三岁时，他的父亲认为已将毕生所学尽数传给儿子，便到处打听天水最好的学校。进了学校后，先生对文学的执迷与狂热更是一发而不可收。

文学之路，上下求索

先生就读的初中是天水中学。那时正值抗战初期，沦陷区的文化人和失学青年大量迁来天水。为了填饱肚子，他们不得不把珍藏的好书廉价出售。先生也因此获得了大量的图书资源，无论是"五四"以来的新文学作品，还是外国文学作品，他都通过或借或买的方式进行阅读。那时他还替《陇南日报》写专栏，每个月领到的稿费亦全数用来买书。此外，因为天水中学的前身是陇南书院，图书馆藏书颇为可观，但浏览者不多。先生到了馆内可谓如鱼得水，每读至妙处，不禁轻声吟诵出来，恍若进入无人之境。这是一段清贫的时光，由于交不起学生食堂的伙食费，霍松林只能从离校八十里外的家中背米面到学校，自己烧饭吃。但是，这段困苦的岁月在他看来，却是最值得怀念的时光。

初中三年的勤奋苦读为霍松林先生换来了免试就能直升高中的特殊待遇。但进入高中后，学校里的训导员多次批评其"读书太杂，思想不纯"。先生亦有读书人的傲骨，在此番批评下拒不退让，也因此被学校贴上了"侮慢师长，不堪造就，开除学籍，以儆效尤"的布告。然而，先生并未因此气馁，反而随后考上了教育部在天水办的中学，不仅免交饭钱，还遇到许多从西南联大毕业后来教书的老师。在中学里，心系祖国的霍松林先生已开始通过发表大量杂文和新旧体诗宣传抗战，引起极大的轰动。

1945年，霍松林先生赴兰州参加高考。他除了报考自己心仪的中央大学中文系之外，也听从父亲"学而优则仕"的建议，报考了政治大学法政系，不料被两所大学同时录取，且成绩均名列榜首。最终，先生难以割舍文学情结，选择了中央大学。在大学里，他师从汪辟疆、陈匪石等教授，并和教授们结下了深厚的师生情谊。除了日常功课外，先生还跟随汪辟疆先生学诗，随陈匪石先生学词，随卢冀野先生学曲。在日复一日的文学熏陶下，他刻苦钻研文字学、音韵学、训诂学、目录学、版本学、校勘学、哲学、美学、诗学、词学、曲学以及文学理论批评史等多门学科，对诗、词、曲学有了全面深入的了解。此外，通过汪辟疆、卢冀野等先生的举荐，先生还结识了商衍鎏、陈病树等社会名流，在风靡一时的《中央日报》和《和平日报》上发表了不少文章和诗词。

一次监察院开会间隙的聊天中，汪辟疆先生向国学大师于右任介绍了这位来自西北的少年，并请求于老为其介绍工作。于右任先生听闻后马上说："学生做工作影响学业，你让他来见我，我供他学费。"自此，这位自谦为"穷乡僻壤放羊娃"的西北年轻人便受知于于右任先生，时常拜谒，谈学论诗，在于老的指导下"日进千里"。每次谈话结束后，于先生都会用宣纸写一张条子，让年轻的霍松林先生去财务室从他的工资中领一笔钱，并亲切地称他为"我们西北少见的青年"。

唐音小阁，尺素风云

霍松林先生对文学的涉猎十分广博，其中最为偏爱和擅长的当属唐诗了。一次，先生在主持唐诗讨论会时，提到"唐代诗歌由于意境雄阔，情韵悠远，具有独特的时代风貌和艺术风格，因而被称为'唐诗''唐音'"，先生的学弟——著名的古代文史学家程千帆先生就立马挥毫写下"唐音阁"三字，赠予先生，作为斋榜。而先生最爱待的地方，正是"唐音阁"。在那里，唐诗、宋词、元曲似在耳边萦绕，挥之不去；在那里，先生可以潜心于自己的内心世界，与古人神交。

　　先生创作的诗作内容丰富，题材多样：有国计民生、个人际遇，也有山川胜迹……浩浩荡荡的诗篇如波涛奔涌，雄放不羁，或深沉浑厚，境高意远，或含蓄蕴藉，一往情深。正如程千帆教授所言："松林之为诗，兼备古今之体，才雄而格峻，绪密而思清。"在诸多诗篇中，不乏先生对于恩师于右任先生的吟诵，例如《访于右任先生故里》（二首），其一云："嵯峨山下白渠滨，毓秀钟灵降伟人。爱国热忱燃笔底，诗豪草圣冠群伦。"其实，"爱国热忱燃笔底，诗豪草圣冠群伦"二句虽是吟诵于老先生之词，但又何尝不能用来形容先生自己呢？在诗句中，不仅可以读到先生对于恩师的无限敬仰，亦可想见他和于老先生在长夜对坐，促膝而谈的忧国忧民之景。

　　除唐诗以外，霍松林先生在唐音阁中最常做的事想必是练书法。先生曾说："书法嘛，还是要写自己的。我没有刻意学习于先生的字""变化固我在，成家非一蹴"。如他所说，练书法并非单纯的模仿，亦非刻意的拘泥，而是在数十年的广采博取中将众家之精华转换成自己的艺术语言，并借此倾吐心声。

　　先生的书法作品拙中见巧，朴实内美。他行笔如"逆水行舟"，铺毫充分开张，八面出击，将墨运送到点画的各个部位。这既是一种向内聚拢的运动，又是一种向内生发之势，因而能产生一种沉实饱满的内劲，静中寓动，增强点画的生命意味。从单字到整体，稳健洒落，一任自然而顾盼有致，没有丝毫的矫揉造作和刻意逢迎。"作书如做人"，先生血浓骨老、内劲充盈的书法作品背后是其夯实厚重的文学基础和内在品格、阅历、胸襟、气度等在书法上的展现。

　　在《论书诗》中，先生写道："六书造文字，八法创艺术；

实用兼艺术，神气贯骨肉。骨健血肉活，神完精气足；顾盼乃生情，飒爽若新沐。刚健含婀娜，韶秀寓清淑；浑厚异墨猪，雄厚非武卒；或翩若惊鸿，或猛似霜鹘；虎啸助龙骧，风浪起尺幅。变化固我在，成家非一蹴。入门须切正，一笔不可忽；功到自然成，循序毋求速……"这就是霍松林先生对于书法的见解：终生模仿不已，毫无建树地"临"，只是满足于"象"的初浅层次。而书法作为一种传统文化，随着时代的更迭和人情的推移，需要不断地吐故纳新，才能得到坚守和传承，写出自己独特的韵致。

当代文心，再续雕龙

先生毕生以文学为挚爱，但他对于文学的爱，不仅局限于"唐音阁"中的自我陶醉，还致力于文学的教学和传播。1949 年，先生从中央大学毕业后，先后任教于重庆南林学院中文系和天水师范。其中，在重庆任教期间，他结识了日后成为自己妻子的胡主佑先生。二人常在校园内携手同游，作诗相和。1951 年，二人至西北大学师范学院（今陕西师范大学）同学同教，合著共研，相濡以沫，共挽鹿车。

1951 年初，霍松林先生刚到西北师范大学时，就身负重任，接手了文艺学、现代诗歌、现代文学史三门课程。在参考资料极其短缺的情况下，先生只能边学边教，自己动手整理知识点，拟出提纲，一节一节地编写讲义。到了 1953 年秋，经过几番补充和修改，终于完成了二十六万字的《文艺学概论》。该书起初由学校打印，先后作为高等学校的交流教材和函授教材。后因供不应求，由学校推荐给陕西人民出版社，于 1957 年正式出版。至此，才有了我国最早的一部新型文艺理论专著。而霍松林先生本人，从此也走上了一条致力于教学与科研的崎岖坎坷的人生之路。

著名的文艺理论家陈志明教授在《霍松林的文艺理论研究述评》一文中说道："《概论》不仅开了新中国成立以后国人自己著述系统的文艺理论教科书的风气之先，而且发行量大，加之其前已做交流讲义与函授教材流传，影响及于全国，大学师生、文艺工作者、中学语文教师以及文艺爱好者，不少人都从中得到教益，受到启发。20 世纪 50 年代后期和 60 年代前期的大学中文系学生，其中有些今天已成为专家，还不忘《概论》在当年如春风化雨给予他们心灵的滋养。"由是观之，先生的《概论》一书有筚路蓝缕的开创之功，不失为文学史上的一座界碑。

到了 1982 年，霍松林先生经过对《文艺学概论》的增删修订，终于完成三十七万字的《文艺学简论》，与之前的《文艺学概论》合称"两论"，既是先生研究文艺理论的力作，又是当代中国文艺理论研究领域的力作。作为教材，它将一代代学者引入文艺理论的殿堂；作为理论专著，霍松林先生构建了一套体大思精的理论体系，对许多重大理论问题阐明了独特见解，不随波逐流，不蹈袭他人，成为一家之言。

"两论"积蓄了霍松林先生多年的心血，具有严密的系统性和独创性特质。尚永亮先生在《浩气由来塞天地　高标那许混风尘——霍松林先生学术传略》一文中谈道："书中举凡文艺的特质、作品的构成、文学的种类和创作方法等，无不纳入著者的视野，覃思精虑，别类分门，条分缕析，新见迭出，充满着一种理论开拓的勇气和智慧。而史的眼光和明确的现实针对性是这两部书的第二大特质。通读'两论'，我们感触最明显的是作者那种不拘不囿、继往开来的史心识力，是那种立足现实，为解决当前文艺难题而努力思考的情怀。诸如文学的民族性问题、建立中国现代格律诗的问题、创作方法与世界观的关系以及赋、比、兴与形象思维的关系等问题，无不论析精到，立论允当，兼及古今，而又有着明确的现实指向。"可见，"两论"被学术界誉为"当代《文心雕龙》"，的确实至名归。

往事波澜，身历沧桑

德高望重的霍松林先生虽早已声名远扬，却也曾经历过荒芜的岁月，走过布满荆棘的道路。

1956 年，《新建设》5 月号上发表了霍松林《试论形象思维》的长篇论文。这是国内以专题形式论述形象思维的第一篇理论文章，引起了学术界的广泛反响，启动了有关形象思维的第一场学术论争高潮。而从 1958 年开始，先生就因他曾经出版的《文艺学概论》受到冲击，在反对"厚古薄今"的运动中，身怀傲骨的先生不但不承认有罪，而且辩若悬河，直至对方理屈词穷，哑口无言。至于学术研究和立论著文，他更认为应当实事求是，而不该随波逐流，应敢于钻研，敢于冒风险。也正是因为这般执着，他才受到极大的牵连。

"文革"前夕，先生被扣上"为反革命修正主义文艺思潮提供了理论基础"的帽子。其间，先生因哮喘病发作几次陷入昏迷，被送至医院打强心针才得以救醒。陈志明教授对此评价说："（20 世纪）50 年代中期出版了一部广有影响的文艺理论教科书，60 年代后期因为早年发表过形象思维理论而险遭灭顶之灾，仅仅这样两点，就足以使新中国成立以来的文艺理论批评无法抹去霍松林的名字。"

然而，霍松林的学术个性并未因此改变。"文化大革命"中的冤案被平反后，当时的学术界依然人心惶惶，大多数人因尚未抹去"文革"留下的阴影而不敢发声，先生却义无反顾，以"前度刘郎今又来"的气概写了《再论形象思维》。这样的气概和情操，用早年时霍松林写给夫人胡主佑的诗句"浩气由来塞天地，高标那许混风尘"来概括，再合适不过。20世纪70年代末，全国文艺界对形象思维的大讨论如火如荼地进行。时任《陕西师大学报》主编的谢振中先生走进霍松林先生家中，力邀他为学报撰写一篇关于形象思维的长文。先生应允后，焚膏继晷，每天的写作时间在十六小时以上。八天后，一篇题为《重谈形象思维——与郑季翘同志商榷》的两万多字长文面世。此文在学术界反响非凡。全国著名美学家、复旦大学教授蒋孔阳先生读了此文后给霍松林来信说："读君作，大有暑天饮冰之感！"

唐音重铸，骚坛新风

霍松林先生获彻底平反后，重拾旧业，笔耕不辍，继续为中国文坛注入新的活力。他在"唐音阁"内创作诗词，用自己慷慨激昂的笔写下民族的灾难和社会的变迁，用手头的一张纸、一支笔代万民发声，为时代作传。如同"文革"前的《卢沟桥战歌》《闻平型关大捷》等诗作一样，在"文革"后他也写了《"文革"书感》《"文革"中潜登大雁塔》等作品记录自己的人生轨迹，也记录着时代的脉搏。而且，这些作品，一如盛唐时期杰出诗人的诗篇一样，总是充盈着真实、饱满、充沛的感情。1988 年，他把陆续搜集到的旧作和新作编为《唐音阁吟稿》，约六百首，由陕西人民出版社出版。随后，台湾百骏文化事业有限公司用繁体字直行排印出版，改名为《唐音阁诗词集》。如此，一部用诗作见证国家兴衰和个人际遇的皇皇巨著才最终完成。

　　学术界对于霍松林先生诗作的评价层出不穷。王子江将先生的诗歌概括出四大特征，曰"大爱""大情""大理""大气"。"大爱"即最纯朴高尚的生命态度，是"至尊无上的爱"，是对祖国和人民深沉而神圣的执着热爱；"大情"即先生笔下始终流淌的饱满、充沛的大感情；"大理"即诗作言理、妙理、哲理，且理不与人雷同；"大气"则为学术界所公认。吴调公先生在《读霍松林先生〈唐音阁吟稿〉》一文中对其评价"才胆识力，大气包举"。诗作的"大气"具体表现为题材大、胸襟大、气魄大。张济川先生也在为《唐音阁诗词集》作序时评价说："霍兄为人方正，固恂恂儒者，初不知其笔下风云、胸中丘壑，若此其雄奇壮阔、幽邃深秀也！况交游既广，阅历亦丰，赤子之心更跃然纸上。其诗其词，不特声情并茂，抑且熔铸万象、牢笼百态，诚少陵之诗史、时代之强音也。"

　　的确，读此般诗篇，直让人在"唐音阁"中流连忘返，尽兴徜徉。而霍松林先生的这一成就，也是学术界有目共睹的。2008 年 12 月 20 日，在中华诗词学会主办的"中华诗词终身成就奖"颁奖大会暨五位诗家作品集首发式上，霍松林先生成为首次被颁发该奖项的五位获奖人之一。中华诗词学会顾问周笃文教授认为，《霍松林诗词集》共收录诗词一千二百余首，时间跨度七十余年，可说是历史的实录。

除了诗词学的成就外，先生也有一些其他学科的著作，如1986 年，先生主编的《古代文论名篇详注》《中国近代文论名篇详注》两部国家教委"高校文科教材"出版，还有 2007 年出版的《中国诗论史》，2011 年出版的《霍松林选集》以及 2014 年出版的专著《松林回忆录》等等。

有时候，先生也会为志同道合的好友作序。一次，南京大学文学院拟将已故教授吴文治先生除学术专著以外，散见于学术刊物上的学术论文合为一集，交付出版，邀请先生为此集作序。当时的先生已然年老力衰，很早便谢绝各类作序之约，但他出于对学术同道的敬佩和对学术研究之路的怀念，仍然破例作序，足以看出先生对文学研究用情至深；也可见先生实乃性情中人，以赤子之心为人做事。

师者仁心，桃李满园

除了做好学术研究，霍松林先生也致力于文学的教学。到了晚年，先生可谓桃李满园，弟子们纷纷成为各大高校古典文学教学和研究领域的中坚力量。而霍家子弟们之所以有如此卓越的成绩，离不开霍松林先生的指点和传授。

在先生的教育理念里，通读和背诵古籍、诗词名篇看似笨拙，实则巧妙。他认为这既能提高阅读能力和理解能力，又能开阔知识领域，还能培养写作能力、记忆能力和艺术感受能力，可谓一举多得！背诵记忆是基础，先生在为本科生讲古代文学时，要求学生背诵一定数量的诗文名篇与精读古典名著。并且背诵的篇目越多越好，只有博闻强记，积累大量的"存货"，才能成就斐然，流光溢彩。对此，霍先生曾打比方说："如果货架上只有几样货，不管你选用什么方法，怎么左摆右放，也还是那几样货。只有货多货好，再分门别类，讲究摆法才能摆出名堂，才能琳琅满目。"在学生们的记忆中，霍先生讲古文、诗、词，根本不看书本。讲起《三国演义》《红楼梦》等长篇小说，常常将四五个人物的对话结合表情一一复述，一字不差。有这样的老师做榜样，学生们也纷纷以背诵大量经典为傲。

对研究生尤其是博士生的培养，先生有八字箴言："品学兼优、知能合一。"对于"知"，既要求"博"，又要求"精"，而对于"能"，则要求学生们做学问必须多动笔，且学会运用传统样式进行创作。有了个人独到的创作体验，才能比较深刻地解读文学作品，为讲课和研究打好基础。用先生的话说："搞古典文学研究的人，应该搞一点创作，至少要有一点创作经验、创作甘苦，才能较深刻地理解作品。"先生对学生要求十分严格，"有时竟似不太近人情"，每一个学生的博士论文，无不经他提出意见后再三修改，凡内容单薄或缺乏新意者，均不能参加答辩。在他的把关下，所有学生的博士论文均高质量通过。并且，他的博士们还自称"霍门弟子"，有清华大学人文学院中文系教授孙明君、首都师范大学中文系教授邓小军、陕西师范大学文学院教授尚永亮等一系列优秀教授。霍松林先生从1953年在陕西师范大学中文系任教至今，已培育了无数人才，门下已有六十位博士，二十二位硕士，人称"霍家军"。这些后起之秀大多已独立出版专著，在文坛和学术界崭露头角，成为新一代学术带头人。

霍老先生在学术上对学生严格要求，并不意味着他为人苛刻死板，相反，和自己的恩师于右任一样，他有一颗对困难学生施以援手的仁爱之心。2010 年 4 月，天水师范学院收到了先生的一份厚礼——为学校捐赠的三千余册珍藏图书和七十七件艺术珍品、一百余盒音响资料。为表达对学校的感谢，年迈的先生慈祥笑道："这些书在我这里是'死'的，到了学校，放在图书馆供学生借阅，就能发挥一定作用，就'活'了。有些重复的书籍还可免费给贫困生。"至于奖掖后进、扶持学人的事例，在霍松林先生的教书生涯中更是不胜枚举。"乐育英才浑忘老，秾桃艳李竞芬芳。"在《九十自寿二首》中，先生用这般深情又开阔的诗句表达了自己育才的豪情与对三尺讲台的眷恋。

　　幽幽南山，雁塔之畔，虽已再不见先生风骨，但其渊博的学识、高深的修养和严谨的治学风范，却流淌在一代又一代治学之士的血液里，使未来文学路上的开拓者，在先生的感召下，笃志前行。

2017 年 2 月 8 日

叶嘉莹：诗词伴人生

谈及叶嘉莹先生，人们必然会将她与"诗词"联系在一起。的确，她是才情纵横四海的大家，在颠沛流离的一生中写下了无数摄人心魂的诗篇。这位才华横溢的知名学者之所以能蜚声中外，离不开其溢满书香的家风。

叶嘉莹的祖辈和父辈们都在古典诗歌方面有着深厚的底蕴与强烈的兴趣。在家里，吟诵诗歌是一种风气：男士们时常大声地诵读，女士们则低声吟哦。她对于诗的理解和领悟，也正是在这样的家庭气氛中熏陶孕育而成。等叶嘉莹结婚生女后，家庭屡遭变故，这种痴迷诗词的风气虽然没能够在"小家"继续延伸，却跟随叶嘉莹先生走上讲台，传递给课堂上的每一位学生，赫然形成了一种学风。

幼年识字旧儿家

叶嘉莹的祖父叶中兴是与诗人纳兰性德同一氏族的八旗子弟，祖上多年为官。这位清朝遗老十分守旧，在他的要求下，孙女叶嘉莹自小"烟锁重楼",整日被关在家里,不许上学,没有朋友。

幸运的是,父亲叶廷元的思想比较开明,认为女孩子总该读一点书。在叶嘉莹三四岁时,父母就开始教她读方块字,那时叫"认字号"。父亲的字写得很好,他用毛笔在一寸见方的黄表纸上把字写下来。如若有一个字是可以读多音的破音字,他又会用红色的朱笔根据平上去入四声,分别在这个字的上下左右画上一个个小圆圈。倘若遇到读法和用法都不太常见的字,父亲还会把这一读法的出处告诉她。比如在学习"促"字的时候,父亲就和她提到《孟子·梁惠王》篇中"数罟不入洿池"之句。年幼的叶嘉莹虽不谙句中深意,但父亲教她认字时那些黄纸黑字朱圈的形象,却在脑海中留下深刻印记。古语有云:"读书当从识字始。"父亲叶廷元的悉心教导为叶嘉莹日后的诗词学习打下了扎实的根基。

除了母语以外,叶嘉莹对英语也早有接触。由于父亲毕业于北京大学英文系,所以很重视子女从小的英语学习。他不仅在家里亲自教导,还订过一些翻译介绍西方名胜的儿童杂志,希望孩子们从小就具有广阔的视野。

叶嘉莹的父母并没有在她适龄时把她送到小学读书。他们认为儿童幼年时的记忆力最佳,应当多读些历史悠久的有价值、有意义的书,而不必多花时间去小学学一些浅薄通俗的语文。父母为她和大弟嘉谋请来了一位家庭教师,也就是叶嘉莹先生的姨母李玉洁。开蒙那天,还在家里举行了拜师仪式。幼年的叶嘉莹通过给姨母和"大成至圣先师孔子"的牌位分别行拜师礼和叩首礼,在心底对中华传统文化生出由衷的敬畏感。

先生的开蒙读物是《论语》,当时用的课本是朱熹的《四书章句集注》。教授时，姨母并不会详细讲解书中字句的意思，只是简单说个大概，然后让其背诵。正因如此，《论语》成为叶嘉莹背诵得最熟的一册经书。随着日后年龄的增长与阅历的丰富，她对书中的人生哲理逐渐有了更深刻的体悟。

诗风词韵伴人生

叶嘉莹的伯父叶廷乂和父亲叶廷元、母亲李玉洁都喜欢读诗，叔父叶廷弼虽然英年早逝，却也极有才华。有一次叶嘉莹在家里的橱柜中翻看旧书时，还翻到了三叔用来记诗的笔记本。在所有的长辈中，对叶嘉莹学习诗词影响最大的是伯父叶廷乂。伯父的古典文化造诣极高，不但精通中医，且特别喜好诗词联语。在闲来无事时，伯父就喜欢和这位同样深爱古典文学的侄女聊天，一起谈诗论词。叶嘉莹的别号——"伽陵"，也是来源于伯父给她说过的清代词人陈维崧的掌故。

除了简单地吟诵诗词和聊些典故，先生有时也会和伯父深入探究诗的内涵，咂摸出一番况味。有一次，叶嘉莹发现父亲经常吟诵的郑板桥的《题游侠图》与《唐诗三百首》中的《登鹳雀楼》一诗有相似之处，便与伯父探讨。伯父告诉她，两首诗在字面上看来确有近似之处，然情意却大不相同。《题游侠图》开篇写景只是对内心情感的激发，着重要写的是后两句的"心里事"与"酒家楼"。而《登鹳雀楼》开篇所写是广阔的视野，所以后两句接"千里目"与"更上一层楼"。这些与伯父闲聊间的只言片语，使叶嘉莹在诗词学习上获益匪浅。

叶嘉莹上初中时，父亲在上海工作。他时常要求女儿用文言给自己写信，报告学习境况。叶嘉莹每写完一封信，必交由伯父审阅，待修改后再寄给父亲。在她学写文言文的同时，伯父也鼓励她自己写一些绝句小诗。由于幼年时每日背诗，并严格按照古法吟诵，日久天长，即便不学平仄和押韵，她自然也能写得合辙押韵了。叶嘉莹说，从自己开始学诗作诗起，不论是家中长辈还是大学老师，都没有明确地告诉她要学唐诗还是宋诗，是要学苏黄还是李杜，而是教导她要说"发自内心的真诚的话"，所谓"'人向字中看，诗从心底出'，看一个人的书法，就知道他是什么样的人。作诗也不是人云亦云、雕琢造作，而是要发自内心"。

此外，伯父叶廷乂还喜欢藏书。一些收藏家出卖的古书，但凡遇到，他必会买下，因此家里的书特别多。四合院的五间南房有三间是书房，一排排的都是书架，成了一座小图书馆。叶嘉莹很喜欢看书，后来甚至连她大学的很多老师和同学都喜欢上她家来查书、找书。

婚后，叶嘉莹先生的生活并不一帆风顺。丈夫入狱，大女儿车祸去世，小女儿罹患乳腺癌……接二连三的变故，曾一度使其备受压力，精神处于崩溃的边缘。但从小所受的家庭教育使她继续行走在诗词的道路上。

在《沧海波澄》一书的序言中，叶嘉莹曾提到她在抗战七年时写下的诗句——"沧海波澄好种桑"。于她而言，这漂泊的一生仿佛无边无际的沧海，而诗词则是她生命中的信仰。她将学生视作自己的子女，将诗词中曼妙的风景传递给讲台下的每一位学生，将她身上所承载的带有诗词韵味的风尚传播到千门万户，在浩渺的"沧海"里种出一片"桑田"。

2018 年 8 月 3 日

冯骥才：文艺在民间

　　冯骥才出生在一个家境十分殷实的家庭，其祖父冯友苓在少年时便离开家乡到天津，白手起家，闯出一番家业。冯友苓是天津国民饭店的总经理，由于饭店的业绩好，冯家的财产也日益积累起来。冯骥才的父亲冯吉甫有着宁波商人的气质，虽性格内向，却精明沉稳、办事老成，智商很高。冯吉甫在南开中学毕业后，就开始做银行界的金融业务，逐渐做到大东银行总经理的职位。随着事业上的积累和发展，冯家的家业已经相当殷实。之后，他又在天津开了一个面粉厂，购置了不少房产，雇用了二十个人，是当时有名的金融家。

　　家境的富裕使冯骥才的童年不用品尝生活的艰辛，而能投入地体味周围一切，悠然自得活在自己的世界中。冯骥才生性仁慈，为人谦和儒雅，深受祖父喜爱。他自小就是一个情感丰富的孩子，在他身上体现更多的是一种对自然、对艺术的敏感与性灵，这种禀赋与个性倾向使他容易吸收美和善以及具有人文气息的事物。当然，在冯骥才生命的最初，除了祖父和父亲提供的物质保障，还有两位女性对他未来的人生道路影响重大——他的母亲和姆妈。母亲是一位温和大方、素有修养的山东籍女子，她赋予冯骥才敏感的心灵和最初的艺术熏陶。冯骥才的姆妈是河北武清人，一位精力充沛、勤快淳朴的赵姓女子。她带了冯骥才足足八年，深谙乡土风俗和一些民间故事，使冯骥才自小就建立起与土地血脉的某种联系，他一生都对民间文化充满了热情和兴趣。

八岁以前，冯骥才就喜欢听姆妈用河北方言讲故事，姆妈讲述的逸闻趣事在不经意间为年幼的冯骥才打开了一扇窗——一扇与土地血脉、乡土情怀紧紧相连的民间文化艺术之窗。姆妈是冯骥才的母亲在天津历史文化名街估衣街上的老妈店找来的。不得不说，也许冯骥才一生着迷民间艺术就始于这种机缘。姆妈为孩提时代的冯骥才讲述土气十足的民间故事，为他带来乡土玩意儿，如小葫芦、花脸、麻秆大刀、草笼蝈蝈……这些小玩意儿让冯骥才爱不释手。姆妈离开冯骥才前，还特地领着他去娘娘宫玩。这次经历，是年幼的冯骥才和民间文化的第一次亲密接触。在娘娘宫里，看年画彩灯、吃糕点小食、听戏放炮仗……这些传奇见闻，勾起了少年冯骥才对于民间艺术的无穷兴趣，也成了他童年最重要的记忆。此后，他在学习中国画时，亦热衷古代风俗画，并开始对研究古代风俗和美术史抱有强烈兴趣。再后来，他在经受家庭和个人磨难时，更深切体验到底层生活的艰辛和乐趣，因而对来自草根的民间文化有一番特别亲切的感情。

这份自幼年时萌芽的感情，不仅把冯骥才培养成一个舞文弄墨的文人骚客，也使他在亦文亦诗、亦书亦画的同时，对民间文化怀有强烈的使命感、现实感和忧患意识，十分关注传统文化和民间艺术的文化遗产保护。1994年底，"天津旧城文化采风"活动是冯骥才文化保护事业的一个里程碑式事件。面对市政府即将对天津老城进行彻底的"现代化改造"的现状，冯骥才意识到抢救老城的重要性。他自己出资，请来历史、文化、社会、建筑、考古、民俗等各界专家学者，会同数十位摄影家，风风火火地对天津的发源地旧城、近代租界西洋建筑和海河两岸的码头文化遗址展开地毯式考察。经过一年半的努力，他们抢在老城改造动工前，从拍下的三万多幅照片中精选出五千余幅具有历史文化内涵的图片，编成四本图文并茂的大画册《旧城遗韵》。这是天津老城有史以来最广泛、最大规模的学术考察，是一次罕见的民间性文化抢救，至少保存了老城六百年历史的遗容。

作为作家、文学家和艺术家的冯骥才，在对子女的教育上亦常常自省，颇为用心。1977—1979 年，正值冯骥才在北京朝内大街人民文学出版社"借调式写作"，有一次儿子冯宽放暑假，便到社里去玩。一次，他竟然用歪歪扭扭的墨笔字写着"冯骥才万岁"，将经历"文革"后仍心有余悸的冯骥才吓出一身冷汗。冯骥才当下扯去"标语"，把儿子训得直哭。事后，他为此事感到深深的歉疚，责备自己只顾低头写东西，却全然忘了陪伴儿子。

在这以后，父子俩有时在晚饭后一起踢球，有时到食堂旁的水池里一起洗衣服。冯骥才洗完衣服，让儿子把衣服一件件晾在横在屋内的铁丝上。小小的冯宽赤脚站在床上，把衣服晾得有模有样。可见生活中，冯骥才和儿子是很好的伴儿。

当然，冯骥才对艺术的热爱，对文化、对艺术的责任感也被传承下来。在冯骥才举办的一次义卖活动中，冯宽也加入父亲的行动中，一边帮着打理各种相关事宜，一边学习。冯宽说，以前父亲绘画只是作为写作之余的休闲方式，这次义卖却是规定自己必须完成的任务。他还说，母亲是绘画出身，擅长花鸟；父亲则喜爱山水。在展出的部分作品中，树上的几只小鸟便出自母亲之手。可见，冯骥才与妻子因艺术相识、相知、相爱，并一同携手，扛起了传承民间文化的责任，并将之传给下一代。

2017 年 4 月 1 日

夏目漱石：寻爱而不能

　　但先生对我的态度，前后没什么变化，无论最初寒暄之时，还是后来熟识以后。先生总是静静的，有时静得近乎凄寂。我从一开始就觉得先生有些不可思议，让人不好接近，却又有一种感觉强烈地驱使我非接近他不可。对先生怀有如此感觉的，或许众人中只我这一个。这一直觉后来得到了证实。……一个能够爱别人的人，一个不能不爱别人的人，却又不能伸出双臂紧紧拥抱想扑入自己怀中之人的人——这人就是先生。

　　　　　　（夏目漱石《心》，林少华译，青岛出版社 2005 年版）

　　1914 年 4 月 20 日，夏目漱石的长篇小说《心》正式出版，并在一百年后的 4 月 20 日再版。小说讲述的是"先生"和朋友 K 同时爱上了房东的女儿。他背着 K 向房东家提亲，K 因此自杀。之后的几十年里，"先生"时刻背负着愧怍与自责，内心备受煎熬，最终在绝望中结束了自己的生命。和这部小说中的"先生"一样，夏目在《行人》《哥儿》等其他小说中，也塑造过此类因为各种原因想爱却不能爱的形象。事实上，这未尝不是他个人的真实写照。

　　夏目从小被寄养在别人家里，后来虽回到自己家，却未曾得到来自骨肉血亲的体贴与关怀，自始至终只有深深的疏离与隔阂。由于从小缺乏家人的爱，夏目不知道如何在一段亲密关系里爱别人。他可以游刃有余地处理与自己情感关系较为疏远的"外人"，比如他会替朋友两肋插刀，会为穷学生慷慨解囊，却唯独不懂怎么向最亲近的人表达爱，传递爱。此种情形自夏目英国留学归来后表现得尤为明显。明治三十九年（1906），夏目在《文学论》的自序中写道："在伦敦居住、生活的两年是极为不愉快的两年"，"若依我自己的主观意志而言，我当终生一步也不踏上英国的土地"。他的妻子夏目镜子在《我的先生夏目漱石》一书中也同样谈道："这次留洋成为一个转折点。我们共同的家，从此蒙上了阴影。"

　　当时，镜子带着两个孩子留守日本，又逢娘家父亲做投机生意失败，欠下高利贷。到丈夫夏目漱石留学归来之初，家中已满目萧条，惨不忍睹。据镜子说："家里所有的衣服几乎全都穿破了，没一件是拿得出手的。"就是在这样困窘的情况下，夏目的归来非但没有给妻子和孩子减轻负担，反而因为他敏感衰弱的神经，使家里雪上加霜：面对孩子们在晚饭时欢快地歌唱，他会毫无来由地嫌吵并且直接掀翻膳桌；妻子日常生活中的任何一个举动都会引起他的极度不满，不仅不给妻子一文钱生活费，还时常对她大声吼叫，甚至动辄拳脚相加；因为怀疑住在家对面的学生跟踪自己，他会跑到书斋的窗户前探出头去，冲着寄宿学生房间的方向故意阴阳怪气地大声喊道："喂，侦探君，今天什么时候去学校啊？"……这一系列疑心疑虑的反常举动，令这个原本拮据的家庭在精神上亦趋支离破碎。

　　然而，这并不意味着夏目没有努力去做一位好丈夫，好父亲。在他成名之后，常有女学生约他单独出去散步，夏目对此一肚子火："我又不是单身汉！"后来他因生病去温泉疗养，镜子要在家照顾孩子们，便提议让他带个护士同行。夏目坚持不肯，说一男一女去温泉不行。镜子说那就带个年纪老一点的，夏目依旧不肯，还说人是一种意外性动物，在特定的时间与场合，很难说不会干出什么事来，最后坚持自己一人前往。还有一次，镜子的父亲因为家境败落，和女儿说希望让当时已经有些名气的夏目盖章做担保，镜子为了夏目和自己的小家含泪拒绝。夏目问清原委后说，盖章虽不行，但钱的事无论如何也要想办法帮忙。于是在自己没钱的情况下向朋友借了二百五十元，并拜托妻弟转交岳父，还向妻弟承诺无论岳父将来会如何，他都会照顾岳母和妻弟的生活。

　　在和孩子相处时，夏目也曾尝试做一位慈父，可惜总是不得要领。镜子在《我的先生夏目漱石》一书中写到丈夫企图安慰哭闹孩子的一幕："最小的男孩是个爱哭鬼，动不动就哭，其实主要是因为他（夏目漱石）神经衰弱的时候，那张脸会特别吓人……每次孩子一哭，他就从书斋出来哄孩子，说'好孩子，好孩子，父亲在身边保护你，不要怕，不哭不哭！'后来慢慢地才发现，因为他自己是家里的小儿子，从小被欺负，也从未得到过父亲的怜爱，所以就想当然地认为这个爱哭的小儿子也是被大家欺负所以才哭的……可那个爱哭鬼，每次看到夏目那张可怕的脸，总是哭得更厉害。"镜子看待丈夫，也许正如同漱石的小说《哥儿》中阿清看待哥儿，任凭世人都嫌弃哥儿莽撞冲动，不懂人情世故，阿清却一遍又一遍地替他解释："少爷正直善良，真是个品性难得的好孩子啊。"在她眼中，丈夫人品高尚，淡泊名利却又性情古怪，他希望自己能给家人带来爱与温暖，却因为自己敏感脆弱的神经无能为力。

　　这种多疑的性格和神经衰弱在给夏目漱石的家庭生活带来灾难的同时，对其文学成就却产生了截然不同的影响。在留英归来之后，夏目漱石在三十八岁创作出自己的第一部小说《我是猫》，小说在杂志连载后受到广泛好评。他在《文学论》的自序中幽默地自嘲道："正是因为神经衰弱与狂人，我写出了《我是猫》，出版了《漾虚集》，《鹑笼》也得以面世。这么一想，我坚信我应该感谢这神经衰弱症和我的癫狂。"

2019 年 4 月 26 日

主要参考资料

［1］宋玲玲．论阿加莎·克里斯蒂侦探小说的艺术特色——以《无人生还》为例［J］．郑州师范教育，2012，1（02）：85-87.

［2］傅逸尘．极简叙事的诗意与深情——论"海飞谍战世界"小说［J］．中国当代文学研究，2020（04）：139-145.

［3］方志红．被历史"谋杀"了的意义——海外华人学者作家赵毅衡小说《沙漠与沙》的叙述学阅读［J］．当代文坛，2007（06）：171-174.

［4］王东明．王国维家事［M］．合肥：安徽人民出版社，2013：15-18.

［5］张新科．霍松林："唐音"永存［N］．人民日报，2017-2-22（16）.

［6］［日］夏目镜子口述，［日］松冈让整理．我的先生夏目漱石［M］．北京：社会科学文献出版社，2019：110，118，295.

后记：在路上

小时候，我就明白，文学会是我一生的事业。

那时，于我而言，文学是每一次作文收获赞扬时的沾沾自喜，是在自习室研读《读杜心解》时的沉默与孤独，是和小伙伴争论《牡丹亭》叙事结构时的面红耳赤……彼时的我对写评论文章仅有一个模糊的概念，对发表文章、进作协等事，更是"云霞明灭或可睹""烟涛微茫信难求"。

我如愿考进了中文系，有幸遇到一群愿意帮我带我的老师。我的研究生导师徐大军先生一直以他广博深厚的学养与严谨踏实的治学态度为我树立榜样，他曾说，"文章的筋骨气血、精神气力乃来自对所谈问题的深刻思考和逻辑构思，论述文章就是一步步扎寨，桩子若是打不实，既攻不出去，也防守不了"；李海明老师与我亦师亦友，他对文学之于人生的意义有独到见解，他三言两语的点拨往往使我醍醐灌顶，如同张无忌被成昆打通了任督二脉，从此功力大增；带我出版《缘系天城》一书的陈兆肆老师和我仅有两面之缘，却给予我莫大的鼓励和信任，让一度迷茫、困顿的我走得更坚定、更踏实；教我写作的郭梅老师带我发表了数十篇散文和评论,治学纯粹的她曾给急功近利的我当头棒喝:"写作最重要的从来不是才华,而是坚持。只有一直写,若干年后,才能'却顾所来径,苍苍横翠微'。"

因为老师们的帮助,我才能在写作的道路上从蹒跚学步到砥砺前行,当然,往后还有很远的路要走。写这本集子的初衷,是给所有走南闯北、各奔东西的文字一个家。书中百分之七十的文章已在报刊发表,还有一些散帙自珍的小文,一并收录在内。希望它作为我一个写作阶段的小结,也能成为诸位读者了解名家名作、电影电视的一扇窗口。第一卷"小说江湖"收录的是谍战、商战以及揭示人物命运的长短篇小说书评,其中对我最喜爱的海飞老师的小说的评论占据极大篇幅。第二卷"故土回望"是对写及某个地方的作家作品的深切致意,其中包括给两位未曾谋面却助我良多的何万敏老师、徐迅雷老师写的书评,以及对富阳本土作家程洪华、曲曲和柴惠琴三位老师散文集的解读。第三卷"光影留痕"是对近几年播出的文化纪录片和电影、电视剧予以品评,仅有一些粗浅的看法。第四卷"笺纸春秋"是对平时读的随笔集的评论,其中包括导师徐大军先生的历史随笔《名士派:世说新语的世界》和学姐朱华丽的《闲书慢读》。因为硕士专业是中国古代文学,我在求学时有幸了解过许多古典文学大家。第五卷"名家风流"意在用我浅薄的才华,对先生们致以崇高敬意。本书写作过程中,曾援引一些作家、学者的著作和论文,大部分标注在参考资料中,还有一些因创作时间久远无从找到出处,若有读者发现指出,深表谢意。此外,书中部分篇章提到的"金手指""真名士"等词难免有过褒之嫌,对一些书目和影视剧所持的观点亦有待深究,敬请各位专家和读者批评指正!

　　评论集命名为《壹见》，源自陆春祥老师的指导。小书最终能出版，也要诚挚感谢陆老师的组织、把关和指教，感谢曲曲老师的极力推介，感谢母亲帮助仔细校对并提出中肯建议，感谢无数个夜晚坐在书桌前苦心耕耘不曾放弃的自己。不求诸位能一见倾心，若能一见如故，也是此书的荣幸。

　　在当今社会，文学或许是羞怯的，是小众的；写作更是一场苦中作乐的修行。但，因为文学与写作，我们能够通过自己的眼睛发现很多东西，想通很多道理，透过文脉神交良友，能体会到心灵的狂喜。我想只需有过这种体会，无论结局如何，都不算挥霍青春。至于结局，求仁得仁最好，人生悲喜就看如何定义"仁"了。

2023 年 6 月 29 日于杭城